一梦漫言

全本全注全译

〔明〕见月老人 著
吴江波 修订

团结出版社

图书在版编目（CIP）数据

一梦漫言 / 见月老人著. -- 北京 : 团结出版社, 2018.3

（谦德国学文库）

ISBN 978-7-5126-6028-1

Ⅰ. ①一… Ⅱ. ①见… Ⅲ. ①回忆录—中国—当代 Ⅳ. ①I251

中国版本图书馆CIP数据核字(2018)第008881号

出版：团结出版社

（北京市东城区东皇城根南街84号 邮编：100006）

电话：(010) 65228880　65244790　(传真)

网址：www.tjpress.com

Email：65244790@163.com

经销：全国新华书店

印刷：北京天宇万达印刷有限公司

开本：148×210　1/32

印张：8.5

字数：170千字

版次：2018年7月　第1版

印次：2022年2月　第3次印刷

书号：978-7-5126-6028-1

定价：48.00元

《谦德国学文库》出版说明

人类进入二十一世纪以来，经济与科技超速发展，人们在体验经济繁荣和科技成果的同时，欲望的膨胀和内心的焦虑也日益放大。如何在物质繁荣的时代，让我们获得内心的满足和安详，从经典中获取智慧和慰藉，或许是我们不二的选择。

之所以要读经典，根本在于，我们应当更好地认识我们自己从何而来，去往何处。一个人如此，一个民族亦如此。一个爱读经典的人，其内心世界必定是丰富深邃的。而一个被经典浸润的民族，必定是一个思想丰赡、文化深厚的民族。因为，文化是民族之灵魂，一个民族如果不能认识其民族发展的精神源泉，必定就会失去其未来的生机。而一个民族的精神源泉，就保藏在经典之中。

今日，我们提倡复兴中华优秀传统文化，当自提倡重读经典始。然而，读经典之目的，绝不仅在徒增知识而已，应是古人所说的“变化气质”，进一步，是要引领我们进德修业。《易》曰：“君子以多识前言往行，以蓄其德。”实乃读经典之要旨所在。

基于此理念，我们决定出版此套《谦德国学文库》，“谦德”，即本《周易》谦卦之精神。正如谦卦初六爻所言：“谦谦君子，用涉大川”，我们期冀以谦虚恭敬之心，用今注今译的方式，让古圣先贤的教诲能够普及到每一个人。引导有心的读者，透过扫除古老经典的文字障碍，从而进入经典的智慧之海。

作为一套普及型的国学丛书，我们选择经典，不仅广泛选录以儒家文化为主的经、史、子、集，也将视野开拓到释、道的各种经典。一些大家所熟知的经典，基本全部收录。同时，有一些不太为人熟知，但有当代价值的经典，我们也选择性收录。整个丛书几乎囊括中国历史上哲学、史学、文学、宗教、科学、艺术等各领域的基本经典。

在注译工作方面，版本上我们主要以主流学界公认的权威版本为底本，在此基础上参考古今学者的研究成果，使整套丛书的注译既能博采众长而又独具一格。今文白话不求字字对应，只在保证文意准确的基础上进行了梳理，使译文更加通俗晓畅，更能贴合现代读者的阅读习惯。

古籍的注译，固然是现代读者进入经典的一条方便门径，然而这也仅仅是阅读经典的一个开端。要真正领悟经典的微言大义，我们提倡最好还是研读原本，因为再完美的白话语译，也不可能完全表达出文言经典的原有内涵，而这也正是中国经典的古典魅力所在吧。我们所做的工作，不过是打开阅读经典的一扇门而已。期望藉由此门，让更多读者能够领略经典的风采，走上领悟古人思想之路。进而在生活中体证，方能直趋圣贤之境，真得圣贤典籍之大用。

经典，是一代代的古圣先贤留给我们的恩泽与财富，是前辈先人的智慧精华。今日我们在享用这一份财富与恩泽时，更应对古人心存无尽的崇敬与感恩。我们虽恭敬从事，求备求全，然因学养所限、才力不及，舛误难免，恳请先贤原谅，读者海涵。期望这一套国学经典文库，能够为更多人打开博大精深之中华文化的大门。同时也期望得到各界人士的襄助和博雅君子的指正，让我们的工作能够做得更好！

团结出版社

2017年1月

前言

《一梦漫言》这本书，是明末清初的高僧见月律师的口述自传。

见月律师（1601–1679年），即释读体，字见月，是宝华山律宗第二代祖师，亦是中兴律宗的一代宗师。

见月律师俗姓许，名冲霄，是云南楚雄府人，祖籍句容，他的祖先从军云南，因功封世袭指挥使，于是就在楚雄安家。14岁时，他的父母双亡。少年时期的见月律师喜欢到处游历，曾到金沙江，甸尾等地，因为羡慕赤松子，于是就出家当道士，后来舍道入佛。不远万里，从云南徒步前往江南求戒。32岁从宝洪山亮如法师剃度，法名读体。明崇祯九年（1636年）年到镇江海潮庵，第二年从三昧和尚受具足戒，继而随三昧和尚传戒诸方，开始阅读律藏，为各方所推重。38岁入金陵宝华山，被选为监院，并为大众讲戒，其“析义释文，口若悬河，座下千人，罔不叹服”（《中国佛教史》）。清顺治二年（1645年），三昧和尚将圆寂，以衣钵戒本授读体，继承法席，主持宝华山三十余年，康熙十一年（1672年），江南大饥，见月律师募化赈粥五十多日，救活饥民数以万计。康熙十八年（1679年）

正月二十二日圆寂，终年79岁，其著述有《传戒正范》《大乘玄义》《毗尼止持会集》《毗尼作持续集》等十部传世，其中《传戒正范》至今仍为我国传戒之蓝本。

《一梦漫言》为见月律师七十三岁时所撰，回忆了其一生的行脚参学的经历。从青年时期的游历，到舍俗出家，然后不远万里，行脚求戒，继而追随三昧和尚弘传戒法，主持宝华山，匡扶佛制，利益众生，住持正法。其事迹读来感人至深，足以激励人增进品德，树立大志，是中国历史上最为有名，影响深远的高僧自传。

弘一大师在读到本书后曾感叹说："执卷环读，殆忘饮食。感发甚深，含泪流涕者数十次。"

倓虚法师在《影尘回忆录》中特别介绍本书到："过去我对《一梦漫言》，也很阅过几遍，觉得百读不厌！而且在每一次读之际，使我惭愧万分！含泪欲涕。（说时流泪）觉得在操行方面，后人实在不如古人。如果后来人看了这部书不受感动的，那是他没有道心。如果道心具足的话，他一定感同身受，自己惭愧的难过！大家有功夫时，可以把这部书常翻开来看看，很能砥砺自己的道心，祛除自己的习气。里面不但意思好，文字也好，质朴流畅，一点矫揉造作没有。"

本次出版的《一梦漫言》，依据坊间流行的《一梦漫言》流通本整理而成，把弘一大师的眉注排在了原文中，以楷体区别，改正了原文中的个别错误，白话译文的错译之处，也作了修订，个别字词增加了注释。其中不妥之处，还请方家指正。

目录

卷 上

卷 下

弘一大师题记

曩见经目，载《一梦漫言》，意谓今人所撰导俗佛书。因求得一册，披卷寻诵，乃知为明宝华山见月律师自述行脚事也。欢喜踊跃，叹为稀有，执卷环读，殆忘饮食，感发甚深，含泪流涕者数十次。因略为科简，附以眉注，并考舆图，别录《行脚图表》一纸（按：《行脚图表》今从略）。冀后之学者，披文析义，无有疑滞耳。甲戌八月十日披诵讫，二十五日录竟并记，时居晋水兰若，弘一记。

师一生接人行事，皆威胜于恩，或有疑其严厉太过，不近人情者。然末世善知识，多无刚骨，同流合污，犹谓权巧方便、慈悲顺俗，以自文饰。此书所述师之言行，正是对症良药也。儒者云：闻伯夷之风者，顽夫廉，懦夫有立志。余于师亦云然。九月五日，编录《年谱摭要》讫，复校阅《一梦漫言》，增订标注，并记。

九月十三日，写《随讲别录》二纸竟，卧床追忆见月老人遗事，并发愿于明年往华山礼塔，泪落不止，痛法门之陵夷也。弘一并记。

【译文】我以前浏览经书目录，在目录里看到过《一梦漫言》这本书，一直以为是今人撰写的引导世俗人认识佛法的读物。于是请到一册。打开阅读，才知道是明朝宝华山见月律师自述行脚经历的自传。我看了之后，欢喜雀跃，叹息这样的好书实在是少有，执卷环读，几乎忘记了吃饭，让我深受震撼，感动到含泪流涕十多次。因而对这本书作了简略的分段，附以眉注，同时研究地图，另外作了一张《行脚图表》（按：《行脚图表》现在省略了）。希望以后的学者读到这本书，披文析义，不会有什么疑惑的地方了。甲戌年八月十日（公元1934年）披阅诵读完毕，二十五日录完并记，当时住在晋水兰若（是年自春至秋，弘一大师居南普陀后山之兜率陀院，自称为晋水兰若），弘一记。

见月律师一辈子接人行事，都是威严胜过恩惠，或许会有人认为他的严厉太过，有点不近情理。然而后世的善知识，许多人都没有金刚骨，和人同流合污，还说成是权巧方便、慈悲顺俗，以此来作为对自己的掩饰。这本书所述见月律师的言行，正是对治这种末世疾俗的良药呢。儒者说：听闻了伯夷风范的人，贪婪的人也会生起廉洁之心，懦夫也会树立起远大之志。我看读了见月律师的事迹，也是如此吧。九月五日，编辑《年谱》将要结束，再次校阅《一梦漫言》，增订标注，并记。

九月十三日，写《随讲别录》两张结束，躺在床上回想起来见月老人的往事，并发愿在明年去宝华山礼塔，不禁默默泪流不止，真为律宗衰落至此而痛心啊。弘一并记。

卷上

事 由

康熙甲寅冬〖师年七十三岁〗，离言等诸阇黎及众首领执事，礼请余说行脚，以勉将来。故命管城子[1]直述始末，繁而无文。

余滇南〖滇南即云南〗楚雄府许氏子。年十四，二弟幼小，不幸双亲相继而逝，苦失所依。伯父年老乏嗣，怜余弟兄，恩育教诲〖师天性最厚，文中"恩"字凡十数见〗。余效写大士像，人呼为小吴道子〖吴道子，唐人，善画佛像〗。性好游览，足不自禁。时天启六年，余二十五岁。一日闻大理府与北胜州接壤之间，有金沙江，近江居民以浣沙淘金度日。遂期二三友，历途五百而往观之，事实非虚，天地造化养生若是。又闻鹤庆府，众山壁立，川原险阻。古有业龙欲沉为海，其东南地势低凹，名曰甸尾，水从此涌，渐将泛滥。有西域神僧摩伽陀尊者，慈悲救生，以锡杖穿甸尾山下数十孔，直透后五里许，总汇为一，泻入金沙江。遇浪穹县文学萧暗初，彼曾在楚乞余大士像，一见欢喜，邀至彼县，遂有孝廉杨绍先等咸来访会。萧、杨是亲，二皆巨富，各有名园。心相契合，稽留一载。

【注释】①管城子：唐代韩愈曾写《毛颖传》，说毛笔被封在管城，叫“管城子”。后因为毛笔的代称。

【译文】康熙甲寅（公元1674年）冬，离言等各位阿阇黎（轨范师。意教授弟子，使之行为端正合宜，而自身又堪为弟子楷模之师。即导师），以及寺中众班首领、执事，恭敬恳请，要我述说我的行脚参访经过和事迹，以资鼓励后人。所以就提笔，从始至末，拉杂直述，不加文饰。

我是云南楚雄府许家之子。十四岁时，两个弟弟尚小，不幸父母先后去世。兄弟三人孤苦伶仃，无依无靠。我伯父年事已高，膝下无子，对我们倍加爱怜，恩育教诲。当时我曾临摩画了一幅观音大士像，人们都称赞我是小吴道子。我性好到处游览观光，脚步不停。天启六年（公元1626年），我二十五岁时，听说大理府和北胜州接壤之处，有一条金沙江，沿江居民以淘沙金生活。我就邀约了二三个同伴，走了五百里路去观光，看到了实际情况，真是大地造化，养育生灵竟有如此方式。又听说鹤庆府，地处群山之中，山势如墙壁耸然而立，河流平坝道路险阻。古时有一条业龙想把它变成海。此处东南地势低凹，叫甸尾，水流到此，积聚受阻，渐将泛滥。有一印度神僧摩伽陀尊者，慈悲救生，用锡杖在甸尾的山脚处，穿凿了数十个孔洞，深达五里多，把积水导入金沙江。在此我遇到了浪穹县的学士萧暗初，他曾在楚雄请我为他画一幅观音大士像，一见面，很高兴，就邀请去浪穹县。接着又有孝廉杨绍先等人前来访会。萧暗初和杨绍先两家是亲戚，都是巨富人家，各有名园别墅，大家情投意合，因此，我在那里逗留了一年。

萧园还极道人

余二十七岁，乃崇祯元年，于十二月初旬，与众友聚嬉梅园。此园去县二十里，是暗初书室，倚石宝山下，纵广十余亩，植梨数百株，花卉四时可玩。酒阑间接得家音，知伯父望归不至，寿逾古稀已逝，即神惊酒醒，心伤泪堕。一向不信僧道，倏尔发起出家之念，谓众友云：我诚不孝，父母伯恩未报，大逆之罪难逃，今决志出家忏罪报恩，从此一别，不复再聚。众闻皆瞪眸视余，以为发颠。萧暗初云：汝一日不能无酒，何以言出家茹蔬？若果出家，不须他往，吾即将此园奉施修行。杨绍先云：萧兄既施园，日用所需一应在我。亦将所随家童舍予给使。余云：四事[①]二公成就，乃多生良缘，更祈荤酒莫入此园，薪米莫拘二三，凡云水僧道概愿斋之〖师一生行事，无非为众，作道士时，屡云斋僧，是其端也〗。俱承喜诺，一无相逆。

去园二十里外有一道观，余往拜访，叙说出家。彼一老道士欲诱为徒，见彼动止无规模，谈吐越理，余言暂别，容思回复。见案上供《皇经》[②]一部，求请园中阅之。彼云：汝非道士，何擅言请经？余即解身衣，易彼道服。彼云：既尔是真出家，可以请去。余回园对经礼拜，自更名曰真元，号还极。

【注释】①四事：四事供养之意。分别指饮食、衣服、卧具、汤药。②《皇经》：道教经典，全称《高上玉皇本行集经》，有3卷。道士斋醮祈禳及道门功课的必诵经文。

【译文】我二十七岁那年，正是崇祯元年（公元1628年）。十二月初旬，正与诸位好友相聚于梅园游玩。此园离浪穹县城二十里，是萧暗初的书斋所在地，背靠石宝山，面积有十多亩，种了数百株梨树，四季都可欣赏各种花卉。大家欢饮谈笑，兴头正浓之时，我接到老家来信，告知伯父一直盼望我回去。他七十岁刚满不久就去世了，未曾等到见我一面。当下我受到极大震惊，酒也醒了，伤心地哭了。我从来不信佛和道，这时突然发起出家的念头，就对众友说："我实在不孝，父母和伯父之恩未报，大逆之罪难逃。现今决志出家忏罪报恩。从此一别，不复再聚。"大家听后，都睁大了眼睛望着我，以为我发疯了。萧暗初说："你一天都离不开酒，怎么说起出家吃素的事。如果要出家，不必到别处去，我把这座园子奉送施舍给你修行。"杨绍先说："萧兄既然奉施了园子，以后日用所需之物，一概由我包下，并把我随身的家僮施舍给你听便差使。"我说："出家后的饮食、衣服、卧具、汤药四事幸蒙二公成全，实属多生良缘。我还要祈请你们今后荤酒不要再带入此园。柴米就不限多少了。凡是行脚僧道，我都愿供养斋饭。”他们都欣然答应下来，没有丝毫碍难。

离此园二十里外有一座道观，我前往拜访，叙说了我想出家之事。该观的一位老道士想诱说我做他的徒弟。我见他举止没有威仪规矩，谈吐又不合情理，我就说让我回去想一想再来回复。我见他桌案上供着一部皇经，就想请回园中阅览。他说：“你不是道士，怎么能随便说请经呢！”我当即脱下身上所穿之衣，穿上了他给的道袍。他说：“既然你真出家，可以请去。”我回到了园里将经卷供在案上，顶礼膜拜，自己改名为真元，号还极。

感梦

至腊月三十日，书玉皇牌位供养，至诚称号礼拜。于中夜神倦，不觉伏地跪眠。梦见万里碧空，一轮红日，行到一大寺，殿台高广，朱垣环围，松柏行植，中有一门，其中无数僧人，俱露顶披袈裟。余喜欲进，恨门阈太高不能跨入，再三奋力忽然超进。进已非道，成一僧形。众中有一高座，上坐一老僧，身著丹衣，笑颜召余上座。余排众而上，老僧持一卷经授予云：汝为众讲。余接，立旁讲之，众皆跪听。及觉，浑身汗流，所讲亦忘。自思终非玄门之士，后必为僧。天明乃崇祯二年，余二十八岁。从此每日跪诵《皇经》一部，阅三日礼宥罪一周，以作恒课。于回向时无不悲咽含泪，白祷报恩。凡有诸旧识者，来园随喜，见余从前俗气顿除，真实修行不怠，皆发信心赞叹，有愿长蔬者，有欲脱尘者。百里内咸知萧园还极道人矣。

【译文】到了腊月三十日，我写好一玉皇牌位供起来，至诚口称神号进行礼拜。到了中夜，精神有点疲倦，不知不觉跪伏在地上睡着了。梦见万里碧空如洗，一轮红日高照。我来到一个大寺庙前，只见殿台高敞宏大，外有红墙围绕，松柏成行，中间有一门，看到有许多僧人在里面，都是光头，身披袈裟。我心生欢喜，想进去，但门槛太高，无法跨越。奋力试了几次，忽然，就进去了。进去以后，觉得自己不是道士，而成了僧人模样。见到众僧围绕之中有一高座，上坐一老僧，身着红衣，笑嘻嘻地招手要我上去。我就挤开众僧走上去。那位老僧拿了一卷经书给我，说："你来给众僧宣讲。"我就接过来，站在座旁开讲，众僧都跪地而听。

待到一觉醒来，浑身汗流，讲的什么内容也全忘记了。我就想，我终究不是道家门中之人，以后必定做佛门之僧。天明之时正是崇祯二年，我二十八岁。从此每天跪诵《皇经》一部，隔三日拜忏谢罪一周，每次作回向祈祷时都悲咽涕泣，申白报恩。旧时的熟人好友来园随喜，见我以前的俗气全无，真实修行毫不懈怠，都生发信心，赞叹不已，有的发愿终身吃素，有的要脱尘出家。从此百里以内都知道萧家梅园有一位还极道人。

三营龙华会饭僧济贫

去县八十里，有三营镇大觉寺，于崇祯三年春起建龙华会。元宵前往彼随喜，正遇主僧云关同众会首在殿。余整仪礼佛已，至斋堂中坐。有一居士皓首儒巾，近前长揖，问所从来。余云：自浪穹而来。彼问云：萧园还极曾会否？道念修行若何？余云：曾会，此人但可闻名，不可睹面，假饰修行，乃炫己惑众，况出家未久，有何道德！彼老居士正色而言：汝既为道者，见人有德当赞，知人有过当隐。嫉妒同门，何名道者！有一居士自外而来识余，即欢喜作礼。老居士云：汝知此道人耶？答言：此是萧园还极师。彼老居士云：几乎对面错过。即召主僧并众会首，一齐向余作礼，恳求主坛。余云：主龙华坛者，须知玄门法事，余惟静修，专于礼诵。彼等复恳不已，余亦再三却之，见众情坚，余云：此大会必以斋僧为首务，可曾预备否？众答未备。余云：若缺斋僧，何为胜会？此事余勉强担荷，一则与众居士庄严道场，次则引诸善信布施植福。众闻欣赞拜谢。

次日访问此镇大家，以便劝请为首。有人语云：本镇艾乡宦、吕指挥〖指挥，官名〗，二是翁婿，又富而好善，且是浪穹萧家至亲，除此则无。余思事似可成，即先谒吕。恰遇萧暗初遣使送礼，嘱彼为通知，随即请进。艾护法亦在内，彼虽闻余，尚未识面。叙说大会斋僧之由，彼云：岂有建龙华而不饭僧者？还师既肯承当，老夫愿为唱导。即时邀本镇乡耆，暨诸善信议之，并皆乐从。

次日，艾、吕二护法张青黄之盖于左右，余道服草履在中，乡耆善信随行，遍游街陌一周，各劝亲友共成善事。计一日所施，银钱三百余两、米五百余石。

【译文】离浪穹县城八十里，有个三营镇，那里有座大觉寺，定于崇祯三年春起建龙华法会。我就于元宵节前往随喜，恰遇主僧云关法师和筹建法会的各位会首在大殿里。我肃整威仪礼佛之后，进了斋堂坐下。有一居士，白发儒巾，走上前来合掌致礼，问我从哪里来。我说："自浪穹来。"他问："你会见过肖家梅园的还极道人吗？他的道念和修行如何？"我说："曾经见过面，此人只可听听名声而已，不能见面，假装修行，实在是炫耀虚声，惑骗群众。何况他出家不久，有什么道德修持可言呢！"那位老居士脸色沉了下来，严肃地说："你既然是一位修道之人，见人有德，应当赞扬，知人有过，应当善隐。这样嫉妒同行的道友，如何能称为修道之人。"

这时有一居士从外面进来，他认识我，高兴地对我行礼。那位老居士见状就问：“你认识这位道人？”答说：“这就是萧园还极师。”老居士说：“差一点当面错过！”他立即告知主僧和各位会首，一齐向我作礼问好，并且恳请我主坛。我说：“主持龙华法坛者，应该通晓玄门法事，我只是静修，专门礼诵，不宜。”他们一再诚恳请求不已，我也推谢再三。后来，我见众人情坚难却，就说：“此大法会，必须以斋供僧众为首要任务。你们可曾作好准备？”众人答：“没有准备。”我说：“如果缺了斋供僧众这一条，怎么能称为胜会呢！这件事，我将勉力承担下来。一来与众居士共同庄严道场，二来可引导所有善信之人布施植福。”大家听了欣喜拜谢。

第二天准备去拜访该镇的知名人士，劝请他们带头赞助此次法会。有人说，本镇有一艾姓家族，为乡宦，另有一吕家，官为指挥。两家联姻，为翁婿，都是富户而且好为善事，又是浪穹县萧暗初家的至亲，此外就没有人可比了。我一想，此事看来有希望，就决定先去拜望吕家，在门口恰好遇见萧暗初派来送礼的人，我就顺便请他进去通报一声。我被请了过去，艾护法也正好在此，他虽听说过我，却未曾见面。我叙说了法会斋僧之事。艾护法说：“哪里有建龙华法会而不斋僧的道理。还极师既然肯一肩承当此事，老夫也愿带头倡导。”他马上就派人邀请本镇有德望之人和善信之士前来共议，大家都乐于随从。

第二天，艾、吕二位护法，擎着一青一黄两把盖伞在左右，我身着道袍草鞋在中间，后面乡耆善信随行，把该镇大小街巷周游一遭，各自劝请亲友共成善事。当日所施之钱物，共计有银钱三百余两，米五百余石。

自意化导因缘

即时鸠工匠起造草房数十间，其什物众家借用。惟典食者难得其人。至下午见一行脚僧来，貌古语柔，幼而且劲。询其来处，谓朝鸡足山来，是寻甸府人，号曰成拙〖余最喜成拙之为人，故文中一一特为圈出〗。余请相助，彼即许诺，甚有道念，昼夜辛勤，全无怠倦，由是以为道友。每日间，赴斋云水僧道不减千指，孤寡男妇乞丐贫人逾于百数。凡有檀越设斋，俱劝礼僧求福；又开示彼诸贫苦人中，不无多生父母及眷属在内，因前世不供三宝，不济贫苦，所以今世招报如是，尔我肉眼不见，应当折我慢幢恭敬礼拜。闻者皆信，依言而行。此是滇南自古罕有之事，乃余未阅教典，自意化导因缘。至会将终，闻众会首私议备礼相酬。未圆满前一日，私辞成拙，天将晓时，飘然仍返浪穹。

【注释】①鸠：聚集之意。

【译文】回寺后，即时聘请工匠，起造草房数十间；其它一应什物用具向各家借用，只有主管伙食一事，很难找到合适人选。到了下午，有一行脚僧来，相貌古朴，语言柔和而有力。问他从哪里来，说是前去朝礼了鸡足山而来，是寻甸府人，法名成拙。我请他相助，他当即允应，很有道念，他日夜操劳，全无一丝轻慢倦怠之意，从此我俩成了志同道友。每天前来赶会吃斋的云水僧道，不下千人，孤寡男妇乞丐贫人超过百数。凡是前来设斋供僧的施主，我都劝请他们礼敬僧众求福。又向他们开示说，那些贫苦人中，并非没有我们以前多生多世的父母及眷属。因为他们前世不供养三宝，不济救贫苦，所以今生招来这样的果报。你我都是肉眼凡夫，看不到这一点，应当折服高傲我慢的习气，恭敬礼拜。他们听了都很信服，依言而行。这是滇南地区，自古以来罕有之事，也是我未习经典，出自己意所作的教化开导因缘。到了法会将要结束时，听到各位会首私下议论，要准备礼物酬谢我。法会圆满的前一日，我就私下向成拙一人辞别，乘天色未晓，一人悄然返回浪穹县。

剑川赤岩书室

崇祯四年，余三十岁。二月中有剑川州李君辅、君弼昆仲，皆庠中名士，笃信三宝，恒与余会。彼有书室，去州三十余里，赤岩奇秀，青松苍古，最为幽僻，欲请住静。彼是暗初厚友，即倩通知。暗初意涉两难，在道交岂忍云别，论儒友复当顺从。余云：此去剑川不远，还是舍己从人为美。遂辞萧园而赴李请。于三月十五日到彼，斋僧如旧，进道愈加。二李增信，其兄发心亦长蔬。

【译文】崇祯四年（公元1631年）我三十岁。二月中旬，剑川州当时有李君辅和李君弼弟兄，都是学界名士，笃信三宝，常和我会晤。他们有一书室，离剑川州城三十多里，青松苍古，赤岩奇秀，极其幽僻，想请我去那里静修。他俩与萧暗初交谊甚厚，就派人送信给暗初。暗初开始犹豫不决，从道友感情论，难于与我离别，从儒友交情想，又该满足李氏兄弟之求，因此两难。我说这里离剑川不远，还是舍己从人为美。我就辞别萧园而应请去李园。三月十五日抵达，在那里斋僧如前，修道益加精进。李氏兄弟增加了信心，其兄也发心毕生吃素了。

西山老僧

六月初避暑登岩，就石趺坐，望西五里许，山环树蔚，拟是古刹。到已见一茅庐，竹扉半掩，内闻鱼声诵经。候音止而进，有一老僧仪容可敬，余向礼拜。彼云：黄冠之流多不礼僧，汝从何来？名号是谁？余答是浪穹萧园还极，今受请住赤岩书室。彼叉手云：闻师在三营龙华会中，饭僧济贫，不别门户，善导檀信，令空我相。请问所师者谁，看何经教，能如是作大佛事？余云：未曾拜师，亦未阅教，皆自为耳。彼惊讶云：汝所为者，皆菩萨行，大有慧根。速拜明师，剃发为僧，弘扬法化。吾恒诵《华严经》，汝可请去恭敬跪阅。佛道之理浅深，菩萨愿行无量，汝自然发菩提心，不藉他人开示。余闻拜谢，请经而返。焚香跪阅至“世主妙严品”竟，又思初出家夜梦，急欲披剃为僧。

【译文】六月初，天气炎热，我为纳凉，攀登至赤岩上，找了块巨石，盘腿而坐。向西一望，只见约莫五里远的地方，群山环抱之中，树林蓊郁，想必是一座古刹。就起身向那里走去。到了那里，只见一座茅庐，竹扉半掩，从里面传出木鱼和诵经之声。等到经声停止，进去见一老僧，仪容可敬，我就礼拜。他说："你们黄冠（道士）之流，多不礼僧。你从什么地方来？名号是谁？"我说我是浪穹萧园的还极，现今受请住在赤岩书室。他就拱手问讯，说："听说还极师在三营龙华会中，斋僧济贫，不分门户贵贱，并且善于开导施主和信众，空去我相。请问你拜谁为师？看什么经教，能这样作广大佛事？"我说："未曾拜师，也未诵阅佛门经教，全凭自己的意思这样做的。"他颇感惊讶，说："你所做的，都是菩萨行，你大有慧根，快些拜位明理之高僧为师，剃发为僧吧，以便弘扬佛法，化导众生。我常诵读《华严经》，你可以请去，恭敬跪阅。佛、道之理，有浅有深，而菩萨的悲愿行持是无量无边的。你自然发菩提心，不用藉助于别人的开示。"我听后拜谢并请了《华严经》回到赤岩，焚香跪阅到"世主妙严品"完，就回想起最初出家时夜里所作之梦。想披剃为僧的心情，骤然急切起来。

鸡足山

于七月终，有浪穹县大寺主僧妙宗，持萧暗初书至，相约朝鸡足山，于意相符。即辞君辅昆仲，同暗初、妙宗八月十五日到山，宿寂光寺。访问山中明师，闻狮子岩，有大力、白云二位老和尚，精修净业，三十年不下山。于十八日同妙宗、暗初穿松绕径，入谷登岩，至静室已，礼拜哀乞剃发〖狮子岩大力、白云二老之摄折〗。力老和尚详诘根由，幸垂慈允，令备衣钵。暗初云：既承摄受还极，其衣钵斋供俱在弟子。白云老和尚言：吾观此人终成大器，不可草草，恐出家易，持戒不坚，须是自己沿门乞化，折其我慢，验其心志，化得衣钵，再来登山披剃。思二善知识，一摄、一折，令人敬畏。佛门迥异玄门，珍重而不泛滥。知缘未至，含泪白云：和尚之言，一一遵依，但登山一番，岂忍空回，求赐一法名，虽未剃发，且作心僧。大力老和尚破颜微笑，遂起名云书琼。

【译文】七月终，浪穹县大寺主僧妙宗，带了萧暗初的信来会我，邀我同朝鸡足山，这正合我意，立即辞别李氏兄弟，会同暗初和妙宗二人，于八月十五日到山，夜宿寂光寺。打听山中有无明师，听说狮子峰有大力和白云二位老和尚，精修净业，三十年不曾下山。我便于十八日同妙宗和暗初，穿松林，绕溪径，下山谷，登峭岩，到达了静室，礼拜哀求为我剃发。大力老和尚详细问了我的根底和缘由，幸得垂慈应允，命我准备衣钵。暗初就说："既然承蒙和尚摄受还极，他的衣钵斋供等事物全由弟子我承担。"白云老和尚说："我观此人终究要成佛门大器，不可草草行事。恐怕出家容易，持戒不坚。必须要他自己沿门乞讨化缘，以折服他的我慢习气，考验他的心志。乞化得了衣钵，再回山披剃。"我心想这两位善知识，一个慈悲摄受，一个要折服我之贡高慢心，实在令人敬畏，佛门全然不同玄门（道家），慎重而不泛滥，心知因缘未到，含着眼泪说："和尚所说，一一遵依。但既然登山来到此地，我不忍空手而回，求和尚慈悲，赐我一个法名。我虽未剃发，暂且作一名心僧。"大力老和尚听了以后，破颜微笑，就给我起了法名书琼。

落马化缘

余礼退而出，四顾踌躇。一僧号月峰，近前问云：道人，汝心中有何事不决？余言：思化衣钵之地，无相识处方往。彼云：浪穹过凤尾山二百里，有落马〖落马，地图作骆马〗，五井产盐，人户数万，好善多富。我是彼人，不日还乡省师，想汝未到，可以同往。于九月终，与月峰离鸡足，奔凤尾，途行半月乃到落马，宿西山放光寺。主僧悟宗，悦颜相迎，不似初会。此寺是杨旌香火，家世乐善，子侄多儒，加之月峰、悟宗赞叹，凡好善者莫不相顾。又有土官姓自号晏之〖土官者，凡诸边地有番苗等异族聚处者，皆设土官管理之〗，一会投机，逾相爱敬。

【译文】我礼拜之后退了出来。心中想到下一步应当怎么办，正在踌躇之间，有一僧人名月峰，走上前来问我："道人，你心中有什么事委决不下？"我说："正在想到哪里去乞化衣钵，没有熟悉人的地方才能前往。"他说："从浪穹县出发，过凤尾山二百里，有个地方叫落马井，产盐，有数万户人家，好善多富。我就是那里的人。最近几天我要回去拜省我的师父。我想你没有去过那地方，可以一同去。”九月末，就与月峰离开鸡足，向凤尾进发，走了半个多月才到落马井，住在西山放光寺。主持僧悟宗，欢喜地接待我们，不像初会面的样子。这寺是杨旌家族的香火庙，一家世世乐善好施，晚辈子侄多半从事儒生之业。又加上月峰和悟宗两师的赞叹促成，所以善信们都来相助，又有当地土官名自晏之，和我一会，非常投机，彼此十分爱敬。

放光披剃

本觅生处，反成熟境。急欲登山披剃，复被檀护相绊。至崇祯五年九月初〖师三十一岁〗，有省中亮如老法师赴永昌府请，讲经毕还省，道从此过，宿东山大觉寺。对月峰议云：此方檀信坚留，出家之志未遂，意欲从亮老法师剃发，以便随侍参学，又恐有违鸡足本愿，爽信于善知识，此事云何？月峰云：我知亮法师是寂光一脉，曾居寂光方丈三年，汝起法名亦是寂光宗派，今就此披剃，似离鸡足，若论法派，仍是大力老和尚之孙，不为爽信，还满本愿。事宜速办，勿再疑迟。余心乃决。即同月峰下放光之西岭，登大觉之东山，礼请法师，但云奉供，不敢造次擅言落发。承师允可，移锡西山。

次早焚香哀恳披剃。师笑云：吾昨夜梦一僧，身著袈裟，随众无数，语云发长求剃。今日有此因缘，汝再来人也，可以绍吾弘法利生，应名读体，号绍如。当择期先造一五衣，受根本五戒。余悲出家之晚，且喜宿有深因，卜十月初五日披剃。街市信心者，于是日男妇接踵登山随喜。正乏助者，出门觌面恰遇成拙。三营一别两载，今日如克期而至。问从何来，答：从永昌府宝台山来，欲随亮老法师，夜间赶至山下，闻在放光，今日为一道人披剃，却是还极师。两人大笑，真乃奇缘。巳时敷座剃发受戒。男妇无数围座，如观至亲，叹息不舍。斋毕而回，佛声盈路。

【译文】原本来到的是生地方，反而成了熟热之地。我急切想回鸡足山披剃，却一再被当地善信施主们挽留。到了崇祯五年九月初（公元1632年），有一位省城的亮如老法师应邀去永昌县讲经，圆满后返回省城，正好从这里路过，住在东山大觉寺。我就和月峰商议说："这里的善信施主坚留不放，我出家之志未遂。我打算随从亮老法师剃发，以便随侍在他身边参学。但又担心这样做违背了想在鸡足山披剃的本愿，背信于大力老和尚。这事该怎么办呢？"月峰说："我知道，亮法师是寂光寺那一法派的人，曾在寂光寺作方丈三年，你的法名，也属寂光宗派，若在亮法师处披剃，看似离了鸡足，但就法派而论，仍然是大力老和尚之法孙，不能算背信，还是满了本愿。这件事应当速办，不要再迟疑不决了。"于是我才下了决心，就和月峰离开放光寺，下西岭、登上东山大觉寺，礼拜了亮如法师，只说前来瞻仰供奉，不敢放肆直说要求落发。承蒙亮法师恩允，就移住到西山放光寺。

第二天一早我焚香向亮如法师哀恳为我披剃。亮如法师笑着说：“我昨晚梦见一僧，身着袈裟，随从之众无数，对我说头发长了求我给剃去。今天应了这一因缘。你是再来人，可以绍吾（继承我）弘法利生，应该取名读体，号绍如。先选定吉期，备好五衣，受根本五戒。”我深悲自己出家太晚，但可喜的是我宿有深因。就卜算决定十月初五日披剃。街上的善信男妇，在当天接踵登山来寺随喜。我正在为缺少帮手着急，信步走出寺门，当面就撞上了成拙。我们三营镇一别至今已有两年，今天相见，恰如早有定约。问他从哪里来，他说，“从永昌府宝台山来，想随侍亮老法师。昨晚赶到山下，听说法师在放光寺，今天要为一道人披剃，原来是你还极师哟！”两人大笑，真是不可思议的奇缘。巳时（九点至十一点间）摆设好法座，举行了披剃受戒仪式。很多男妇围座观礼，如观至亲，叹息依依，不忍舍离，斋供完毕才散去，一路上只听佛号声绵绵不断。

请转法轮

次晚月峰言：此方信善，持经者虽多，未曾见闻法师讲演。绍师肯承当，请老法师慈愍，则千古不忘于此处披剃因缘，岂有饥逢美膳而不饱餐！故呈所举白师，自愿为期主，师允许讲《法华经》。即初十日起期，期场所用什物，俱从土司自晏之借办，日费钱米，任众姓乐施。余昼为期主，亦兼知宾，夜看经文，或次复讲。司库倩之成拙，买办主之月峰。每日听经四众甚多，三时粥饭，六味无减。至十二月初八日圆满，钱米有余，利生增信。

【译文】第二天晚上，月峰说："这个地方的善信们持诵佛经的人多，但从未见闻法师宣讲。绍师若肯承当讲经，请亮老法师慈悲肯允，那么就永远不会忘怀在此处披剃的因缘了。哪有人正逢饥饿之时，遇到美膳而不想饱餐一顿的呢！"因此我就把月峰师的提议，向亮如老法师呈报了，并表示自己愿意作期主。师允许我讲《法华经》。就从初十日开始，讲经期间，期场所用什物，都向土司自晏之借用，日用钱米，由百姓自愿捐助。我白天作期主讲经兼作知客接待工作，夜里研读经文，第二天上座宣讲。司库内勤工作委托成拙师，外办采购全由月峰师作主。每天听经的四众甚多，三顿粥饭和素肴，无有短缺。到十二月初八，讲经圆满，钱米有余，既有利于众生，又增加了信心。

栖云请法

于初九日辞诸檀护，初十日随师长行，十五日到浪穹县，宿妙宗寺。萧暗初因远出，杨绍先闻知接彼园中度岁。有同行道友遍周，是鹤庆府人，乃龙华山栖云庵法眷，见余初出家即为期主，请转法轮，彼亦发心请师至庵，讲《楞严经》。师亦允之，不吝法施。正月上元后〖师三十二岁，崇祯六年也〗，余别绍先并诸旧交，众察余意必不可留，俱赠程仪，概却不受。众心不悦，故受少许。师喜余淡利息贪，愈加慈爱。

【译文】初九日，向众施主和护法作了告别，初十日我便随着师父出发，十五日抵达浪穹县，住妙宗寺。萧暗初因出远门未晤，杨绍先得知后把我们接到他的书院中安居过年。有位同行的道友名遍周，鹤庆府人，是龙华山栖云庵的僧人，见到我初出家就作了讲经期主，主动请求宣讲大法，他亦发心恭请亮如师到栖云庵讲《楞严经》。师父慷慨法施答应了。正月十五日以后，我向杨绍先并诸旧交辞别，看到我必不可留，就赠送路费，我一概谢绝，大家感到扫兴，因此只收了少许。亮如师见我淡薄财利，息灭贪心，对我就更加慈爱。

丽江请法

二十二日到栖云庵。丽江府土官姓木，笃信三宝，国制不听出境，若闻有善知识及法师至鹤庆府，即遣使迎入，故来请师。余侍同往。其地界，东止金沙江，西至黑水河，南接剑川州，北距土蕃境。彼府院倚雪山下，银峰耸虚，翠林遍壤，留住半月，请问佛法。

【译文】二十二日到栖云庵。丽江府上官姓木，笃信三宝，当地的规矩规定不准出境，但听到有善知识和法师来到鹤庆府，他就派人迎请入境，所以就前来恭请师父。我就随侍师父同去。丽江府的地界东止金沙江，西至黑水河，南接剑川州，北临土蕃（西藏）。土官的府院倚建在雪山下，银峰高耸虚空，翠林铺满大地。留住那里半月，随时请问佛法。

初引清规

二月十八辞返鹤庆，二十日起讲《楞严》。余侥幸职后堂。剑川州了然为首座，乃石宝山万佛寺僧，幼时曾游江南讲肆。此期四板首轮次复讲，至彼讲“八还章”，巧越经旨，翻贬正座，众人不服。西堂号一云，挑发余念，于本堂凭众出首座过，以清规石罚之。师知，下堂询究其由。众云：首座欺心，后堂性直，但未白师，乞求慈恕。师语首座：八还文理显然，是汝谤法所招，当自察之。谓余云：不奉师命擅动清规，应当重责，今依众评，从轻罚之，且跪香一炷。复顾众云：后堂认真护法，将来出头，惟知规矩可行，不知人情可讳〖亮如为一平常之法师，然此数语，颇有知人之明〗。

【译文】二月十八日，我们辞别返回鹤庆府，二十日开始讲《楞严经》，我有幸被指派任职后堂（内部）工作。剑川州了然法师为首座，他是石室山万佛寺僧，幼时曾去江南各讲堂参学。这一期讲期，由四位堂口班首轮流复讲。当了然法师复讲到八还章时，超越了原经旨意，推翻贬低正座亮如师，众人不服。西堂班首一云的话激发了我一时冲动，就在讲堂当众揭露首座了然的过错，用清规石处罚他。亮如师父知道后下得堂来，询问原委。众人说："首座欺昧良心，后堂性情耿直。两人都未向师白告，乞求师父慈悲饶恕。"亮师对首座说："八还章，文字道理显然明了，是你毁谤经法，自招众忿，自己应该明察这一点。"又对我说："你不奉师命，擅自动用清规，应当重加责罚。现在根据众人的评论，从轻处罚，跪香一炷。"又对众人说："后堂绍如认真维护经法，将来领众出头。只知道要守规矩，是不知道要给人留情面的。"

初闻律

一日有二三初出家者，至庵听经，俗态厌人。师劝诫云：出家必先受沙弥十戒，次受比丘戒，具诸威仪，乃名为僧。若不受比丘戒，威仪不具，不名为僧，有玷法门〖彼时尚有此说，今无闻矣〗。彼时余侍师侧，闻已即拜白云：请师为授比丘戒为僧。师言：吾是法师，授比丘戒须请律师。复问：谁是律师？师云：律宗将息。南京有古心律师中兴，世称为律祖，今已涅槃。法嗣中独三昧和尚大弘毗尼，今在江南。余云：某去江南受戒已，再回侍侧。师云：万里迢递，汝何轻言！余云：师言不受比丘戒，不名为僧。某舍道皈释，原为作僧，若非僧者，剃发胡为！师默然，余亦退。如是频频白师，师皆无语。

至四月八日讲期圆满，于午后又诣方丈告假。师见念切志坚，乃云：是汝业力所牵，前途是福也要去受，是苦也要去受，任汝去罢！有数人欲同行，亦皆告假。师云：汝今甫行脚，即有多人相随，好则成善知识，否则是江湖头。余拜谢云：承慈悲授记，某今作善知识去。

【译文】有一天，来了二三个初出家的到庵上听经，一派世俗之态，令人厌恶。亮如师劝诫他们说："出家必须先受沙弥戒。再受比丘戒，行住坐卧应当具备诸种威仪，才能称作僧。若不受比丘戒，威仪不具，不能叫僧，玷污了法门的清誉。"当时我正侍守在亮如师旁，听了以后就向师父礼拜并说："请师父为我授比丘戒，使我得成合格之僧。"师说："我是法师。受比丘戒，必须请律师。"我又问："谁是律师？"师说："律宗现在快失传了。南京有古心律师中兴律宗，被尊为律祖，他已涅槃。他的传法弟子中，只有三昧和尚在大力弘扬毗尼（戒律），现在江南。"我说："我去江南受完戒，再回来侍随师父。"师说："万里迢迢，你说得轻巧！"我说："师父您说的，不受比丘戒不能叫僧。我舍离道门，归依释教，为的是作一名僧人。若不能成僧，剃发还有何意义！"师父沉默无言，我也就退了出来。我就这样经常向师父求告，师父每次都不发一言。

到了四月八日讲经期圆满，我在午后又去方丈室向师父告假。师父见我念切志坚，就说："这是你业力所牵。前途是福也要去受，是苦也要去受。你就去罢！"当时另有几个人也想和我一起去，也都向师父告假。师父说："你今天刚开始行脚，就有多人相随。以后学得好，你会成善知识，否则就成江湖中之头头。"我拜谢说："承蒙师父慈悲授记。我从此要去学作善知识。"

发足参方

此是崇祯六年，余三十二岁。即四月八日申时分，离栖云庵，行二十五里，夜到一小庵借宿。成拙二月中先上鸡足山，相约四月二十日在大理府三塔寺会，余克期而至，未遇。次日随喜感通寺，成拙方到，从此南下相伴不离。行四日至北岩谷鸟寺，逢一在俗相知，于彼出家施茶，见余惊讶，云：何为僧行脚？自怨年老，不能相随。余劝专修净业，彼立愿念佛终身。住十日别行。

【译文】崇祯六年，我三十二岁，四月初八日申时，离别栖云庵，走了二十五里，到一小庵借宿。成拙二月中旬先上鸡足山，我们相约四月二十日在大理府三塔寺相会。我按时到达三塔寺，未见成拙。第二天我去感通寺随喜，成拙才至。从此，我俩南下相伴不离。走了四天，到了北岩山谷鸟寺，遇见一位在俗时相识的熟人，已在该寺出家，正在施茶。他见到我很惊讶，说：“你怎么出家行脚啦！我自恨年纪已老，不能随你同去！”我劝他专修净业，他立愿念佛终生。在此住了十天，便告辞启程而去。

望茔叩别

至五月初二日，遥望白云，家乡在目。离城十里，宿金蟾寺，思双亲不能养，伯父不能葬，一夜雨泪不干。其二幼弟抛撇七载，不知竛竮何状，以谁为依？此去长别，不忍不会。天明向成拙言斯心事，行而复止，再思再叹。今若以手足情存，此会必堕业网，岂特出家受戒修行不成，抑且无门以报生育深恩！当观各人定业因缘，凡人生世，贫富苦乐，寿命短长，皆前生自作之业，今世自受之报，纵父子至亲，不能相代。但恨未得亲面，是忘仁义而缺慈悲，今莫如之何，惟将修行功德，回向拔济。由是挥泪绕城，望西山祖茔倒地叩首，痛切心酸，足软难举。勉力奔驰至广通县，宿古寺一单。

【译文】到五月初二日，遥望白云，家乡已在目前，借宿在离城十里的金蟾寺。思想起自己双亲不能奉养，伯父不能亲葬，通宵雨泪不干。又想起抛撇下两个幼小的弟弟七年之久，不知流落到何等悲苦地步，现在依附在谁家！我这一别远行，不知今后如何。不能不见一面。天明我向成拙述说了我的心事，出门走了几步又停了下来，一再思前想后，悲叹不已！想到，如果现在还以手足之情牵挂，一见面必然堕入业力之罗网，不但出家受戒修行不成，而且今后要报父母、伯父生育深恩也就无门了，应当看到各人都有各自的定业因缘。凡是人生在世，贫富苦乐、寿命长短，都是前生自作之业所感，今世各自受报，纵然是父子至亲，也不能替代。只恨不能前去亲见一面，这是忘仁义而缺慈悲。现今无可奈何之下，只有用自己修行功德，回向给他们，拯济他们了！于是我擦干眼泪，绕城而过，遥向西山祖宗坟茔，倒地叩首，心痛如绞，两足无力，难以举步，勉力奔走，到了广通县，在一座古寺中挂单一宿。

忘情割爱

次日行至禄丰县，途次遇亲眷周之宾，从省还楚。远相呼云：许冲霄汝在何处？几时出家？今向何去？余答：在鸡足山出家，今下江南，受戒参学。问：有信回否？余言：信难尽说，二幼弟藉仗垂顾。面虽回答，足不停留。彼复仍问，余心悲咽哽不能言，彼立顾远乃去。成拙云：既未相见，当说信回。余云：顿割亲爱，说则反惹情生，古云，心如铁石，志愿方坚，情爱不忘，至道难办。

【译文】第二天，在去禄丰县的路上，遇到一位亲戚周之宾，从省城返回楚雄。他老远见到我就高声叫道："许冲霄，你现在什么地方？几时出家？要到哪里去啊？"我答说："在鸡足山出家，现在下江南去受戒参学。"他问："是否有信要捎回去？"我说："捎信也说不清楚，只有二个幼弟，还请你多加照应了！"我一面回答，脚下并未停步。他还想再问些什么，我心中悲戚，哽咽得说不出话来，他站在路边，望着我走远才反身走去。成拙说："既然你不回去相见，也该捎个口信回去才对。"我说："手足亲情，要断立断，要捎话去，反而惹起情思难断了。古人云，心如铁石，志愿方坚；情爱不忘，至道难成。”

碧鸡金马

又行数日望近省，进碧鸡关。此关峰峦秀拔为诸山首，俯瞰滇池，一碧万顷。遂附舟而渡，登岸至省，宿城外弥勒寺。同行众友欲游诸刹，息足数朝。余虑逢亲友，恐碍前进，次早走松华坝，出金马关，至板桥驿宿。成拙俗居是寻甸府，出家杨林以纳寨观音庵，因便道不远，邀诸友同往省师，然后长行。过兔儿关，宿何有庵，次早方到。彼师厚德，其兄朴素，皆修行人，一见欢喜相迎，款留半月乃别。

【译文】又走了几天，省城在望，进了碧鸡关。此关峰峦秀拔，为群山之首，俯瞰滇池，一碧万顷。我们搭船渡过滇池，登岸到了省城，投宿在城外弥勒寺。同行的几位朋友想到各寺庙去浏览，打算在这里歇息几天。我担心会碰到亲友而遇阻拦，第二天一早，就动身去松华坝，出金马关，到达板桥驿，住了一夜。成拙的俗家住在寻甸府，在杨林以纳寨的观音庵出家，因为是便道，离此不远，就邀请各位朋友一起去看望他的师父，然后再远行。我们过了兔儿关，在何有庵住了一夜，第二天早上才到。他的师父厚道，他的哥哥朴实，都是修道之人。他们一见，欢喜相迎，款待挽留我们住了半个月，方才告别。

罗汉灯

行数日至曲靖府，到破秦山，是昔诸葛武侯与蛮酋盟誓处。有一古寺，在内挂单。余谓诸友云：我等此行，非类泛常游方僧，但观外境，不务正修。应就此处置罗汉灯一架，上可燃灯，下可贮油，日则担行，夜则备用。每晚轮次当执，饭罢戌时点灯，众人围坐灯前，随各所学之经，或读文或味义，至中夜放参，以为行脚定规。

【译文】走了几天，抵达曲靖府，来到破秦山，是当年诸葛武侯与孟获盟誓的地方，有一古寺，我们就在这里挂单。我对各位同行说："我们大家这次远行，并不是泛常的游方僧，不能只是到处观赏风景，不务正修，应该在这里购置一架罗汉灯，上面是灯，下部贮油，白天挑着，夜里照明。每晚大家轮班守值，吃完晚饭戌时点灯，大家围坐灯前，各人按照自己所学之经，或者读经文，或者体味经旨，到中夜放参，作为我们行脚的定规。"大家一致同意遵行。

关索岭与盘江

行至平彝卫，出滇南胜境，接壤贵州。走一自孔〖一自孔，地图作亦资孔〗，入普安州，行数日过关索岭。此岭势极高峻，周百余里，上立岭营，有关索庙。又行数日过盘江，山路屈曲，上下崚险。顷刻大雨，涧流若吼，山径成沟，四面风旋，一身难立。水从颈项直下股衣，两脚横步，如跨浮囊，解带泻水，犹开堤堰。如此数次，寒彻肌骨。谓诸友云：古人参学，舍身求法，不以为苦，莫因此雨而退其心，将来好说行脚。众皆大笑，冒雨扶行。至暮到山下，宿大愿寺。遇一江南来僧，诘彼途中通塞。彼云：此时行脚最难，遍地江湖多作魔业，见衲衣蒲团人，则不相侵，若异于此，恐障参学。语诸友言：若图一路安乐，且将行李更易。歇息十天，过盘江渡之铁索桥，山崖险阻，林箐蓊蔚，滔滔江流，如箭奔激，乃通云贵之要津。

【译文】来到平彝卫，出滇南胜境，就与贵州接壤了。走一自孔（亦资孔），进了普安州。又走了几天，过关索岭。此岭地势极其高峻，周广有百余里，岭巅建有一座军营，还有关索庙。又走了几日，过了盘江，山路屈曲，上下陡峻险恶。顷刻之间，大雨滂沱，山涧小溪变成吼声如雷的山瀑，弯曲的山路都成了河沟，狂风从多方吹来，形成旋涡，单身难以直立。雨水从头颈瓢泼而下，灌满衣裤，寒彻肌骨，两脚横跨而行，如骑浮囊。解开衣带泻水，犹如开闸。像这样有好几次。我对各位说："古人参学，舍身求法，不以为苦。不要因为这场大雨而退了求道之心，将来才好对人家夸耀我们行脚何等英雄！"大家听了大笑，你扶我搀，相助而行。天将傍晚，才到山下，住宿大愿寺，遇见一位从江南来的僧人，就向他了解路途之上的情况。他说："现在行脚最难，到处都有江湖团伙，多作魔业，见了穿衲衣坐蒲团的僧人，则不加侵害，否则恐怕参学就有障难。我劝告各位朋友，若想图得一路平安清静，只好把你们的行李更换一下。"我们歇息了十天，过了盘江渡上之铁索桥，只见山崖险峻，树林竹丛郁郁葱葱，滔滔江流奔激如箭。这正是连通云贵的要津。

安庄卫道上

次日至安庄卫道上，砂石凸凹，崚嶒盘曲，不觉履底已穿，脱落难著，即双弃跣足，行数十里。至晚歇宿，足肿无踝，犹如火炙锥刺。中夜思之，身无一钱，此是孤庵野径，又无化处，不能久栖，明早必趋前途。想世人为贪功名富贵，尚耐若干辛苦而后遂，今为出家修行，求解脱道，岂因乏履而退初心！次日仍复强行，初则脚跟艰于点地，渐渐拄杖跛行，行至五六里，不知足属于己，亦不觉所痛。中途又无歇处，至晚将践五十余里，宿安庄卫庵中。次日化得草鞋学著，皮破茧起，任之不顾。

有一江湖随行数日，歇宿不离。次日午后至一小河，是独木桥，长二丈许，成拙等先过前行，余徐徐在后，彼亦随之。正至当中，余回首大叱一声，彼惊落水。余指云：汝从今洗心去作好人。彼赧颜上岸，俛首别行一径。

【译文】第二天，上了通向安庄卫的山径，砂石凸凹，峻嶒盘曲，不觉鞋底磨透，踢踏着难以再穿，干脆扔掉，光脚走路。走了数十里，天晚才歇息，双脚肿得没有了脚踝，疼痛得犹如火烧锥刺。半夜里想道，身无分文，此处又是孤庵野径，无处可以化缘，不应在此久留，明早必须动身。又想到世人为了贪求功名富贵，尚且得要忍耐不少辛苦，才能遂愿。我们今天为了出家修行，求解脱之道，难道还能因为少了鞋穿就退了最初发下的愿心吗！次日仍旧咬牙强行，开初脚跟痛得不能点地，拄着棍杖踱着走，渐渐走了五六里，就感觉不到还有双脚，也不觉痛了。途中又没有歇息之处，到了傍晚，已走了五十余里，投宿安庄卫庵中。第二天乞化到了草鞋，试着穿，皮破茧起，我也不管它。有一江湖中人跟随我们走了几天，歇息过夜都不离开。次日午后来到一小河，上有独木桥，长两丈多，成拙等人先过，我慢慢走在后面，那人也尾随而来。正走到桥中间，我突然回头大喝一声，他吓得掉落水中，我指着他说："你该从今以后洗心革面，作个好人。"他面红耳赤，爬上岸，垂着头抄另一条路走了。

止水庵写经

途中种种艰辛，诸友皆不以为患。度夏经秋，于十月初，方到湖广武冈[1]州〖湖广即两湖也〗，宿止水庵。主僧异卉，极有道念，询问余等，知从滇远来，留住过冬。一日，请余入房吃茶，见案上有《法华知音》一部，在滇时闻师赞此解，落影于怀，欲借抄写，奈无纸笔。彼弟号中立，好学，识余所欲，一切成就。是年冬每日大雪，加之屋空，朔风贯入，余惟一衲，就单缩颈抄写，虽手指冻皴，笔墨凝滞，亦未少停。彼师兄弟见余坚志勤学，倍增怜敬，赠以棉袄，余愧受服，自有生来于此始着棉衣。其同行二三友相别朝海，成拙、觉心随伴。

此武冈州藩封岷王，有一宗室讳烟离，喜攻书画，与异卉师交往。十月中踏雪而来。携疋纸一张贴之壁上，欲画“孤舟簑笠翁，独钓寒江雪”图。炭稿数次，仍未决定。余立旁观，语云：凡善画者，意在笔先，下手不假思议，方得其神。如此再三拟度，恐无天然之妙。彼顾余云：说则似易，作则实难，汝能否耶？余笑答云：颇晓一二。彼即过笔与云：请写此图。余接笔在手，先存意布境，遂一挥而成，投笔于案。彼深赞美，语异师言：僧中所隐高士不尠，可将此图悬庵。自此频来坐谈，亲书三手卷，赠余及成拙、觉心，叙其参访知识行脚因缘。

【注释】①武冈：今湖南邵阳武冈市，位于湖南西南部。

【译文】路途之中所遇种种艰辛，同行诸友都不以为患。夏去秋来，于十月初，才到了湖广武冈州，投宿在止水庵。主持僧名异卉，极有道念，询问到我们从云南远道而来，就留我们住下过冬。一天，他请我入房吃茶，我见案上有一部《法华知音》，在云南时我曾听师父称赞过这部书，所以脑子里有印象，就想借来抄写，可是没有纸笔。主持的师弟法号中立，很好学，知道了我的想法，就提供了一切所需。这年冬天每日下大雪，加之屋内空旷，北风嗖嗖灌进房来。我只穿了一件衲衣，坐在挂单僧的板床上缩着头抄写，虽然手指冻得僵直皴裂，笔墨结冰，也没有少许停歇。他们师兄弟二人见我坚志勤学，越发爱怜敬重，送了一件棉袄，我惭愧地收下了，这是我有生以来第一次穿上棉衣。同行之中有二三人告别了我们去朝海。成拙和觉心随伴着我。

这个武冈州属于封藩岷王的领地。有一个岷王的宗室，名烟离。喜欢钻研书法和绘画，与异卉师有交往。十月中间，他踏雪来到庵中，带着一张大纸，贴在墙上，想画一幅“孤舟蓑笠翁独钓寒江雪”图，用木炭条起稿几次，仍然拿不定主意。我站在一旁观看，就说：“凡作画，必须意在笔先，下笔不再思索犹豫，才能传其神韵，像这样再三揣摸不定，恐怕就失去了天然之妙趣。”他回头看着我说：“说起来容易，做起来实在难。你能做到吗？”我笑着说：“懂得一点。”他就把笔递给我说：“请画！”我接笔在手，先在心中打好腹稿，接着一挥而成，把笔放在案上。他深加赞美，对异卉师说：“出家人中，所隐高手不少啊！就把这幅画挂在庵里吧！”从此他常过来和我坐谈。亲笔写了三卷字迹，赠送给我、成拙和觉心，叙说他到处拜访高人的前后经过。

梁家庵听《楞严》

正月初五日〖师三十三岁，崇祯七年也〗，和宜法师在梁家庵开讲《楞严》，去止水六十里，中立师相约听经。成拙未读《楞严》，先往宝庆府①五台庵，亲觐颛愚大师②，经完至彼相会。余等三人到彼，听众仅二十余人，皆各攒米一石、银一两结社。中立先攒入，余与觉心随身衲衣蒲团，无攒单之物，意欲随喜即行。中立为白法师，知是滇南淡薄，故免攒单，随众听讲。余向觉心言：虽法是师施，食乃众备，何以空受！由是两人自愿行堂洗碗，其扫地担水，不待人呼，暇则相助。四月初一日圆满，中立住此，余同觉心辞往宝庆府，投大报恩寺宿。

【注释】①宝庆府：今湖南邵阳市。②颛愚大师：指颛愚观衡禅师(1579–1646)，明末清初临济宗高僧。号颛愚，五台空印大师法嗣。霸州(今河北省霸县)赵氏子，世寿六十八，法腊四十九。明崇祯年间应请住持云居山真如禅寺，重振宗风，恢复纲纪，法庭大开，中兴古道场。因每坐禅于大伞下，自署“伞居和尚”，世人咸赞曰“古佛”。圆寂后，其灵骸由弟子迎龛塔葬云居山，以彰道化，塔名为“颛愚观衡和尚全身法塔”。

【译文】正月初五日，和宜法师在离止水庵六十里的梁家庵开讲《楞严经》。中立师来邀约我们前去。成拙未曾读过《楞严经》，就先往宝庆府五台庵拜访颛愚大师，待讲经完毕，他再来梁家庵和我们相会。我和中立师、觉心等三人来到梁家庵，听众只有二十多人，每人各出米一石、银一两结社（打平伙）。中立师缴了钱物，而我和觉心只有随身衲衣和蒲团，没有钱米可缴，原本只想随喜一下就走。中立师就向法师白告，法师知道了我们来自贫穷的滇南，就免了我们的钱米，慈允我们随众听讲。我对觉心说：“佛法是法师所施，饮食却是众人出资所备，我们不能空受。”由此我们两人自愿干杂务，收洗碗筷，扫地担水，不用人叫，有空就做。四月初一日，讲期圆满。中立就留住下来，我和觉心告辞后，前往宝庆府，投大报恩寺挂单。

纳衣进堂

闻寺中有自如法师是云南人，故往参礼，叙问出家并南来因缘，法师随以师弟呼之。余请问所呼，师云：吾剑川州人，石宝山僧，幼从亮如老法师受业，依止六年，深领法诲。一往音问绝通，今会公犹见师，所以论法亲，应呼师弟。汝在滇中听师何经？余答：曾听《法华》《楞严》，但植其因，未谙其义。又问：今从何来？余云：从武冈州梁家庵，听和宜法师《楞严》而来。自师云：和宜法师是吾同参，此来恰好。颛大师〖《灵峰宗论》中有《颛愚大师塔志铭》，又《祭文》〗新出《楞严四依解》，诸护法请流通，大师命吾在寺代座讲演，听众已有百余，少一后堂，师弟可任之。余云：允一散单足矣，板首万不敢当。师云：狮子之儿不须过逊，吾为置办衣履进堂。余云：乞肯二事，一仍随衲衣蒲团入堂坐卧，次恳方丈莫频呼赐食，但餐法味，佩感无涯。师意不然，必令更衣。

寺中有一房僧野溪，亦在听众之列，久依颛大师〖灵峰最佩颛大师，今读此一页余文，如亲其人〗，次日往五台礼大师，问及讲期中事，彼将余来历并所恳之事，呈白大师。大师云：吾幼在北五台竹林寺，依月川大师，随众听讲，亦是衲衣草履，杖笠蒲团。乃至行脚天台、南岳及到此宝庆，亦复如是，不曾更改。因檀越建此庵，跪捧衣履乞吾更换，不受则长跪不起，故尔从之，令其生信故。每见禅和子习气不除，莫不爱好，罕有别行一路。今闻云南来此人，不被境转，略践吾脚迹些子。汝回寺中，向自法师言，随彼本志勿强，可以诫慎多贪者。自师遂如余愿进堂。众中有赞古朴者，亦有讥其显异者。讥赞俱付之不闻。

起期三日，方丈命四板首复讲，轮次六周。西堂有缘他往，首座抱病告假。堂主可度，是南岳荆紫峰无学师法嗣，性醇好学，与余心志相投，彼此互敬。自四卷以去，佥余两人轮讲至终。

【译文】听说该寺内有一位自如法师，是云南人，就去参礼，向他叙说了出家和南来的前后经过。自如法师就称我为师弟。我问他为什么这样称呼我，他说："我是剑川州人，石室山出家为僧，少时曾跟亮如老法师学习经教，依止他老人家六年，深深领会到他的佛法教诲。到现在一直没有互通音讯。今天见到绍如师，犹如见到了师父他老人家。所以若论法系，应呼你为师弟。你在云南听师父讲什么经？”我答：“曾听《法华》和《楞严》，只是种了点因，并没有领悟其义。”他又问：“今天你从什么地方来？”答：“从武冈州梁家庵，听了和宜法师讲《楞严》后才来此处。”自如师说：“和宜法师是我的同参道友。这次你来得正巧，颛愚大师新出了一部《楞严四依解》，各位护法居士请求印行流通。大师命我在此寺代座宣讲，听众已有一百多人。正缺少一个管理后堂的执事，师弟你可以担任。”我说：“给我挂一个散单就足够了，班首之职万不敢当。”自如师说：“狮子之儿用不着过谦。我给你置办僧服鞋袜，进堂主事。”我说，“求你应允两件事：一、就让我仍然衲衣蒲团入堂坐卧；二、恳请方丈不要经常令人给我加餐。只要能听经教餐法味，我就感佩之至，无以复加了。”自师却不以为然，非要我更换新衣不可。

当时寺中有一常住僧，名野溪，也在听众之列，长期依随颛愚大师。第二天他前往五台庵礼见大师，大师问及讲期中的事情，他就把我的来历和所恳求之事，向大师呈白了。大师说：“我幼时在北五台竹林寺，依随月川大师，随众听讲，也是衲衣草鞋，杖笠蒲团。后来开始行脚，天台、南岳等地以及直到这里宝庆，也是依然如故，不曾更改。因为檀越居士们建了此庵，他们跪地双手捧着衣履求我更换。若不接受就长跪不起，所以我就听从了，也是为让他们生信。我经常看到禅和子（参禅僧人）不愿改变习气，对美衣美食没有不贪爱的，难得看到愿意别行一路的。今天听到云南来的这个僧人不被境转（不为外部条件而改变自己的定心），真是有些像我当年的作法。你回去告诉自如法师，随顺他的本志，不要强迫他吧！这样做可以教诫大家不应多贪。”自如师也就允许遂我所愿。大众之中，有赞叹我古朴的，也有讥讽我标新立异的。我对这些讥讽和赞誉，权作无闻。

讲期开始后三日，方丈命四位班首复讲，按轮流次序，每人要讲六次。西堂班首因事外出，首座抱病请假。只有堂主（主持讲堂事务）可度师，是南岳荆紫峰无学大师的传法弟子，生性醇厚好学，和我心志相投，彼此互相敬重。从《楞严四依解》第四卷以下，全由我们两人轮流宣讲至终。

谒颛愚大师

道场圆满，自如法师率众诣五台礼谢，正值大师跏趺伞下，所以别号伞居道人。自法师礼谢还寺，留余伞下赐饭一餐。其蔬是苦瓜一盘，大师先吃，呼余吃之，其味入口甚苦，不能咽，复不敢吐。大师微笑，谓余云：先苦后甜，修行作善知识亦尔。余礼谢其开示。大师言：汝有些骨气，今向何处去？余云：在滇发足时，本为寻三昧和尚受戒，受已随便参学。大师言：三昧和尚是真律师，可往受戒。而云随便参学，江南丛林，大半讲席〖可见当时讲席之盛〗，规矩不严，人多狂慢。若不相宜，还回吾所，切莫沿流放恣。汝将来必为法门梁栋。即呼侍者，取自撰文书一套予之，复诫勉云：当效吾操履。余拜受而别。

【译文】道场圆满，自如法师带领众人去五台庵，礼谢颛愚大师。正好大师跏趺坐在伞下，所以他别号伞居道人，自如法师礼谢大师之后，便回大报恩寺。大师把我留下，在伞下赐我一餐，菜是一盘苦瓜。大师先挟了一筷，同时叫我也吃。我送一挟进口，味苦难咽，又不敢吐出来。大师见状就笑了，对我说：“先苦后甜，修行作善知识也是如此。”我礼谢了他的开示。大师说：“你有点骨气。以后打算去哪里？”我说：“在云南动身时，本为找寻三昧和尚求戒，受戒后随便参学。”大师说：“三昧和尚是真正的律师，你可以去受戒。要说起随便参学么，江南丛林，多半讲席都规矩不严，人多狂妄傲慢。如果感到不相宜，你还是回到我这里来，千万不要在外顺流随习放纵自己。你将来必为法门梁栋。”他当时就叫侍者拿来一套他自己撰写的著作送给我，并再一次告诫勉励我说：“要学我的操行修持。”我拜受而别。

雉潭

次日约成拙同朝南岳。自宝庆五日走杨柳塘，登后山而上。游九龙坪、古大坪，其侧有雉潭，三昧和尚至此潭，龙化雉鸡，从潭心鼓翼而出，三昧和尚即予授三皈五戒也。再历茅坪等诸刹，绕天柱峰、烟霞峰，从祝融峰下至南岳庙前，于茶庵挂单。

【译文】次日，我约成拙一同去朝南岳。自宝庆府出发，走了五天，过杨柳塘，登后山而上，游九龙坪和古大坪，坪侧有水名雉潭。这是因为三昧和尚行至此潭时，有条龙化为雉鸡，从潭心鼓翼而出，三昧和尚就为它授了三皈五戒的缘故。我们又参拜了茅坪等佛寺，绕过天柱峰、烟霞峰，从祝融峰下至南岳庙前，在施茶庵挂单。

别道至江西

会云水僧，余问途次。彼云：此时流寇猖獗，正在常德、澧州、公安、荆州等处地方，防卫甚严。官兵不良，多将僧家行李夺去，反以奸细加之，冤屈无申，枉受苦恼。诸师切莫下去。余与成拙耳虽闻此，心靡怖退，岂无益而徒行数千里！遂问庵中主人，别觅去向。彼云：世道既乱，且缓住此，太平再行，何以急迫？余云：我志已决，时不待人，求指别径足感。彼云：路虽别有，最是荒僻，途中少有行人，一派尽是山岭。须从黔阳走会通，往吕林县〖吕林应作醴陵〗，过普安慈化寺，问万载县路，至瑞州府，可以到江西省城，则不经由流贼所在之地。次早依言而行，果是重重山岭，不睹村庄，荒凉之极。或清晨一餐至晚，或全无早餐即行，每日途行不减七八十里。

【译文】在那里，遇到一位行脚的云水僧，我们就向他打听途中情况。他说："现在土匪猖獗，正在常德、澶州、公安、荆州等处流窜，各处防卫甚严。官兵也不好，常把僧人的行李抢了，还反诬之为奸细抓起来，有冤无处申，备受苦恼。各位师父千万下不得山啊！”我和成拙听后，心里并没有被吓倒，心想难道徒步走了数千里路，白费力不成！就向庵主打听，是否还有别的道路可通。他说：“世道如此之乱，还是先暂时在这里住上一段时间，等太平了再走，不必心急！”我说：“我决心已下，时间不等人啊！请你另指条路，我就很感激了！”他说：“另外的路倒是有一条，只是非常荒僻，少有人走，一路上尽是山岭深壑。必须从黔阳走会通。往醴陵县，过普安慈化寺，到了那里再问去万载县的路，再到瑞州府，就可以到江西省城了，这条路可以避开流贼作乱之地。”次日早晨，我们照庵主说的路线启程了。一路上果然山岭重重，不见村舍，荒凉至极。有时清晨一餐一直走到晚，有时全无早餐就动身。每天行路不下七八十里。

游庐山礼东林道场

半月余方绕至江西省，宿塔下寺，歇息三朝。复走德安县，随喜庐山，游归宗、开先、五乳等诸刹。一日行至万松庵将晚，扣门借单，庵僧怒气闭门不允。渐渐天暗星悬，旁观路边，有一大石下虚丈余，三人置蒲团而坐。少顷门开，彼僧复来驱逐。余等自叹无缘，反怜彼痴，付之不闻，强坐一夜。东方将晓，三人随路而行，至豆叶坪用早食。次游晒谷石、仰天坪，乃至金竹坪。日将坠西，到东林挂单。彼禅堂在后，云水堂三楹，冷落不堪，草深尺许，墙颓瓦脱，窗牖无遮。中有一无梁殿，入内礼佛，见飞尘积厚，鸽雀秽污，与成拙扫除净洁，置蒲团佛前之左，议念佛一宵，不虚到此古白莲社。当家僧从内而出，谓不告执事，私自移殿，厉声诃责，不容歇宿，驱至山门。化主老僧留饭许宿，彼当家僧复来责其老僧，即以水泼地令湿，使不能坐卧。余等谢彼老僧出门，谓成拙、觉心云：多生曾与彼种不如意因，今当还报，可作善知识想，成就我等忍辱行，切勿起怨恨心。但此时无处可栖，成拙言：适从此过，见路下有一树林稠密，可以入内止宿。即下路寻林，却是一古坟墓。三人以蒲团着地而坐，旷野空寂，又无月色，至初夜时忽闻一声擒捉，四下齐喊。余谓成拙、觉心言：倘彼下毒手追来，则皂白不分，即是定业。至天明时，闻有差马铃鸣，乃知是通衢大道，其心稍安。三人出林，见田中有人，问云：夜来四处齐喊为何？答言：此时田中麦熟，防人盗取，故尔惊之。三人大笑。

【译文】半个多月，才绕道来到江西省城，挂单在塔下寺，休息了三天，然后走德安县，游历了庐山，参拜了归宗、开先、五乳等寺。一日，来到了万松庵，天色垂暮，我们敲门借单，庵中之僧见了我们怒气冲冲，把门砰然关上，不准。这时天已黑尽，明星朗照。无奈只得找个处所过夜，见有一大石悬翅在路边，石下有一丈多空间。我们三人挤进去，放下蒲团，坐着等待天亮。隔了一会，寺门又开了，那个僧人又来驱赶我们。我们三人自叹无缘，反而怜悯那人太痴，但并未理睬他，强坐了一夜，东方将晓，三人起身顺路而行，到了豆叶坪，吃了早食，接着游历了晒谷石、仰天坪，甚至还游了金竹坪，太阳将要西下时，到了东林寺挂单。寺内的禅堂在后面。云水堂只有三间，冷落不堪，荒草遍地有尺多高，墙塌瓦脱，门窗都无遮挡。寺中有一无梁殿。我们进去礼佛，只见尘灰厚积，鸽雀之粪秽污。我与成拙把佛殿打扫干净，蒲团放在佛像左侧，商量着准备在此念佛通宵，才不虚到此古白莲社一遭。谁知当家僧从里面走出来，指责我们不先白告执事，就私自住到大殿里，大声呵斥着赶我们出去，一直赶到山门。一位住在那里的化主老僧留我们吃饭，让我们住宿。那位当家僧又来责备老僧，还把地用水泼湿，不让我们坐卧。我们三人就谢别了老僧，走出山门。我对成拙和觉心说，多生多世以来，一定和那位当家僧种了不如意业因，今天该受还报，把他作善知识想，帮助我们成就忍辱行，千万不能起怨恨心等等。但这时又找不到栖身之处。成拙说：“刚才来的时候，曾见下面路上有一稠密树林，可以去那里住一夜。”我们就下去寻找那片树林，却是一个古墓。三人放下蒲团，席地而坐。旷野空荡荡寂静无声，又无月色，黑洞洞不见五指。坐到初夜时分，忽听一声：“抓住他啊！”四下里一齐喊叫：“抓贼啊！”我对成拙觉心说：“如果他下毒手追来捉我们，皂白不分，有口难辩，就是我们的定业了。”待到天明，远处传来差马的铃声，才知道外面是大路，心里才稍稍安定。三人走出树林，见田中有人在劳作，上前问他，为什么昨夜四处齐声喊叫，他说：“现在田中麦子熟了，防人来偷，所以齐声喊叫，为的是吓唬盗贼。”我们三人大笑起来。

走九江府礼诸祖道场

往西林随喜过一宿。走九江府，日已沉西，城外各庵俱不留歇，谓地方严禁，过江可宿，只得忍饥渡江。至中流，渡子索钱，余解系捆脚带予之，同舟有道人见已，为余等出渡钱。登岸问旁人宿处，答言：左近无庵堂，顺堤下去七十里，到凿港，是五祖离母墩，有一茶庵接众。余向成拙、觉心言：我等被人所诳，前庵又远，西南风狂，宜各勉力速行，不必在此犹豫。三人迎风掩口，背月奔途，至后夜方到。敲门求歇，幸主僧道心，即起开门请入。问其夜行之故，余等详告，彼叹息行脚之苦，悦颜烹茶。余嗟云：不至九江庵堂，焉显此处道念！

次日早食毕，问其去向，方知一路祖庭殿宇颓朽，皆三昧老和尚修葺重新，故往随喜。遂奔黄梅县，登破额山，礼四祖道场。复走冯茂山，礼五祖道场。上高山寺，礼净鉴祖道场。过铃铛岭至老寺，礼千岁宝掌祖道场。往潜山县，礼三祖道场。走青阳县朝九华山，望大殿下有一庵，往宿，无有晚餐。次早坐之久久，主僧云：庵中淡薄，惟安空单，可往房头化饭吃。余谓二友言：房头荤厨，那有净食！三人随即上殿，礼拜菩萨已，空腹下山。行十余里，到一宿庵用小食。

【译文】我们随即到西林寺参拜，过了一宿。次日到了九江府，太阳已沉西，城外各庵都拒不留歇，说是地方上严禁外人留宿，让我们过江去，那里可以住。我们只得忍饥渡江。船到江心，渡船工要钱，我把捆脚带解下来给他。同渡人中有一道人见此情景，替我们付了船钱。登岸以后，向旁边的人打听，附近有无投宿的地方，答说近处没有庵堂，顺着江堤下去七十里，到凿港，那里有一地名叫五祖离母墩，有一座茶庵，接待僧人。我对成拙、觉心说："咱们被人骗了。前面的茶庵又远，西南风又刮得紧，只好勉力快走，不要在这里犹豫停留了。"三人顶着烈风，掩着口面，在月下急走，后半夜才赶到。敲门求宿，幸亏主持僧道心慈悲，马上起来开门，请我们进去，问我们为什么深夜行路，我们把详情说了一遍。他长叹一声，感慨行脚之苦，高兴地为我们烹茶。我赞叹道，若不去九江的庵堂，怎能显出这里的道心呢！

第二天早食之后，向他了解前去一路如何走，才知道一路上各个祖庭殿宇都颓败了，幸亏三昧老和尚把它们修葺重新。我们决定前去随喜参拜。就出发去黄梅县，登破额山，参礼四祖道场，又再到冯茂山，参礼五祖道场；上高山寺，礼净鉴祖师道场；过铃铛岭至老寺，礼千岁宝掌祖师道场；往潜山县，礼三祖道场；到青阳县，朝九华山。从大殿下望，有一庵，就前去挂单投宿，但不供晚餐。第二天早上，我们坐在那里很久等候早餐，只见主持僧来告诉说：“庵中淡薄没有财力，只安空单，不供斋饭。可去房头那里化斋饭吃。”我对二位道友说：“房头是荤厨，哪里会有净食，到别处去吧！”随即上殿礼拜了菩萨，空着肚子下山。走了十多里，到一宿庵，才吃了点东西。

太平府

走太平府，闻融悟法师在青山讲《法华经》，去府不远，三人欣欣问路而往。到已日落，当家僧见杖笠蒲团不安单。说之再四，观天晚难行，乃令领出山门外，于路旁一小土地庙宿。三人将蒲团相重对坐，余云：既为法来，岂因此空回！次早仍入寺吃粥已，听经一座即下山，向村乞食问路而行。

【译文】我们来到太平府，听说融悟法师在青山寺讲《法华经》，离府城不远。我们欣然问路前去，到寺时太阳已经落山。当家僧见我们都是杖笠蒲团，不给安单。求之再四，他见天晚难行，就叫人把我们带出山门外，在路旁一个小土地庙里住宿。三人把蒲团相重，对面而坐。我说："既然我们为求法而来，怎么能空手而回呢！"次日一早，我们仍然走回寺去，吃了早粥，听经一座，就下山去，向村民乞食问路，又继续前行。

抵南京

于初十日巳时分到南京，遥瞻报恩寺宝塔，五色凌空，光辉映日。进内顶礼旋绕，至午腹饥无食，问塔下随喜者，何处有接众斋堂。有人指示云：南廊三藏殿便是。到彼礼佛，坐殿台旁，出进有僧，全不相问。余等疑此何故，起身出门，遇一老僧，说其所以。彼云：南京是讲席禅堂，若衣履整齐，是清客禅和，乃有人接应，汝等是方僧行脚，故尔不问。

【译文】于初十日巳时许，到了南京。遥见报恩寺宝塔，五色凌空，映日生辉。进内顶礼绕塔，到了中午，腹饥无食，就问礼塔的人什么地方有接待僧人的斋堂。有人指着南廊三藏殿说："那里就是。"我们去到那里，礼佛毕，坐在殿台阶旁，只见有僧人进出，却无人上前招呼我们。我们三人不知这是什么原因，就起身出门，遇到一老僧，向他打听其原因，他说："南京是讲席禅堂，如果衣履整齐，是禅和清客，就有人接待。你们是游方僧行脚的，所以无人过问。"

不为众者不可亲近

遂即进城，至钟鼓楼西大佛庵挂单。其佛以芦篷覆之。主人实念修行，以盏饭接众，甚喜余等，问从何来，答从云南来。彼云：兴善寺当家者号印吾，是汝等乡里，可往相看，自然留住。次日午间往彼安单，见大众皆是多年虫蛀仓米，少盐臭齑。及至各寮随喜，见彼眷属，俱食蔬白米。当家之徒号廓然，亦滇人，闻余等语音，晚到云水堂认乡里。余言：我等是贵州人。彼再问，似欲留住。余谓成拙、觉心言：万里而来，宜依止有道德善知识，如此不为众者，宁甘淡薄，不可亲近。

【译文】我们遂即进城，到钟鼓楼西大佛庵挂单，那里没有大殿，只有一芦席篷遮在佛像上。庵主是实修之人，以一盏饭接待僧众，很高兴见到我们。知道我们从云南来，就说："这里兴善寺的当家，法号印吾，是你们的同乡，可以去那里，自然会留你们住宿的。"次日午，我们到了那里安单。见大众吃的都是虫蛀陈仓之米，菜只是少盐的臭薤之类。我们进到客寮随喜观看，见到他们本寺常住众人，吃的却是时鲜蔬菜和白净米饭。当家之徒名廓然，也是云南人，听到我们的口音。晚上他来云水堂认乡亲，我说我们是贵州人。他又再问，像是要留我们住下。我对成拙和觉心说：“咱们迢迢万里而来，应当依止有道德的善知识，像这种不为众人着想的人，我们宁可甘愿清苦，不可以亲近。”

僧 仪

闻觉悟法师在圆觉庵讲《楞严经》，出城往听。遇有檀越设斋，凡十方僧，俱就韦驮殿地板而坐，两人四木碟菜。余共一方僧，自具威仪缓用，彼举箸不停，一扫四空。斋毕出门，对二友言：我等久后若有因缘为众，其菜不论几色共攒一碗，随便任用。一则僧仪可观，次则令人信敬。如今日此人，则僧体丧尽，何异饿夫？

【译文】听说觉悟法师在园觉庵讲《楞严经》，就出城去听。正遇上有善信施斋供僧。凡是十方来庵之僧，都在韦驮殿就地板而坐，每两人四木碟菜。我和一位游方僧共一处用斋，我自己注意威仪，缓慢进食，他却筷子不停，一口气把四碟菜全部吃光。斋毕出门，我对二友说："咱们以后，若有因缘为众设斋、菜不论有几种，都盛做大碗，让大家随便吃。一则使大家都注意僧人威仪，二则也可使众人信敬。像今天的这个人，真是僧格丧尽，与饿夫有何区别！"

两人不开单

复往普德寺随喜，至禅堂内挂单。晚间议云：今十月将终，途行恐寒，莫若在此暂住，春暖再行。次早粥罢向都管讨单，彼言：两人尚不予单，况是三人？复看余云：钟板堂香灯单予汝一人。余笑云：我粗莽不能剔琉璃。三人收拾行李出门，语成拙、觉心言：京城丛林既三人不予单，且各分散过冬，约在腊尽相会。闻华山好学事，我去读楞严咒。成拙言：我同觉心往祖堂，师咒完可来。余将蒲团与觉心换一卧褥，由是三人分别。

【译文】我们又去普德寺参礼随喜，进禅堂挂单。晚上我们商议说，现在十月将尽，路上行脚太冷，不如在此暂住，春暖再走。次早吃完粥，向寺内都管讨单，他说："两个人一起都不能给单，何况你们是三个人。"他又看着我说："钟板堂的香灯单，给你一个人。"我笑着说："我这人粗手笨脚，不会剔琉璃灯。"三人就收拾行李出了山门，我对成拙、觉心说："京城的丛林既然三个人一道的不给单，我们暂且各自分散过冬，约定在腊月三十日相会。听说宝华山重视学习经教，我想去学诵楞严咒。”成拙说：“我和觉心去祖堂，你学完咒就过来。”我把蒲团与觉心换了一条卧褥，三人就分手了。

上华山

上华山到半坡已日落，投石门庵宿。晚间茶坐，问主人云：闻华山好学事，余欲往之。主人云：山中有一老首座师，是云南人，久在北都，来此山中十载，阅藏已三周，最喜人学事，我亦从学等韵。常住寂寥，有四房头，幸尔各不别爨，仍同一厨，虽然三餐薄粥，往来朝礼铜殿云水，俱留宿食。既欲在山，须放下身心，莫嫌淡薄。

【译文】我上到宝华山半坡时，太阳已落山，投宿石门庵。晚间喝茶时，我问主庵僧："听说华山很重视经教的学习，我想去。"主人说："山中有一老首座师，是云南人，常在北都。来到这宝华山已十年，阅大藏经已三遍，最喜欢勤奋学习的人。我也曾随他学经。寺里人很少，有四位房头，幸好大家一锅吃饭，不另作菜饭。虽然三餐都是薄粥，来往朝礼铜殿的云水僧人，都接待食宿。你既然想住山研学，应须把身心放下，不要嫌那里清苦淡薄。"

大丈夫不用不明之食

次早登山到常住，礼佛已，周遍随喜一日，隐隐犹如熟境。诣首座师前顶礼，求学楞严咒。师问：何处人？出家几年？此咒应先熟读。余云：是滇中人，方出家即下江南，又不识字，所以欠读。师遂允许，语云：既在山中，可去行堂，于厨下安单。

至十一月天寒，碗水连冻难开，余以净巾拂拭干，次早易散。水单一人难供，余亦助担。厨下典座号了然，少年伶俐，但有房头将米倩彼造饭，或煮菜，一经其手，必留少分。一朝余背咒回，彼留饭请吃。余问：大众是粥，此饭何来？彼言：好意留予，反追问之。余云：大丈夫岂用不明之食耶！起身出外。从此厨下皆回互，难容共宿。典座私与都管议之，板堂无人，将余在内看香接板。此堂空，单宽独眠，如卧冰室。有一房头老僧号云山，乃阉宦出家，最有道心，怜余志高守贫，一日黑夜推门而入，近余耳语云：送此物予汝遮寒。言讫即出。余舒手摩挲，似棉不柔，覆之不暖。天明视之，乃重补旧棉胎。物虽如是，感念垂慈。

至十二月十六日学咒完，礼谢首座师。师云：开春元旦，有河口镇桑居士，就山中礼皇忏，汝当读熟〖可见当时经忏稀有，亦甚郑重其事〗，其忏资可以造衣单。余与成拙、觉心约在此时会，无心于此。至十二月二十八日，天将晓时，向首座师房三拜，下山至东阳，问祖堂路，行百余里，日坠星悬方到。问成拙、觉心，云水堂主云：数日前彼二人同去朝南海，曾留信云，若华山绍如来，可随后赶上。次早过牛首，逢化主顿修，于贵州水月庵曾相识，强留度岁。次日小食罢，不辞而行，走灵谷寺，是腊月三十日晚。云水堂中，大半江湖，扰杂之甚，又无空处，余就门扇后坐至天明〖师三十四岁，崇祯八年也〗，吃早食已即行。出门遇当家师号弘传，语余云：今是元旦日，何以即行，请回安息数日。见彼道谊殷殷，复回用午斋讫，仍出灵谷。行二十里，宿一小庵。

【译文】次早上山，到了常住（即有常住僧人主管的寺庙），礼佛毕，便去各处随喜并礼见常住僧人一天。隐隐之中，感到这里很熟悉，似曾来过。拜见了首座师，顶礼毕，说明想学楞严咒。师问："你是什么地方人？出家几年了？这个咒应该预先熟读。"我说是云南人，刚出家就到江南来了，又不识字，所以没有读。师就答应了，说："你既来山中，可以去行堂（洗碗送饭等杂活），在厨房安单（住下）。"

到了十一月，天寒地冻，清洗了的碗叠在一起都冻成一块，难以分开，我就每次洗完后，用干净布擦干，第二天早上用时，容易分开。水单（挑水）一人供应不暇，我也帮着挑水。厨下典座（管理厨房事务之僧）法号了然，年轻伶俐。另有房头（掌管库房之僧）每天把米和菜蔬量出，交厨下典座做饭，或煮菜。这些东西一经典座之手，他都要扣留一些。有一天，我背诵《楞严咒》回来，他留了饭请我吃。我问他："大众吃的是粥，这饭是从哪里来的？"他说："好心好意留给你，你反而要追问！"我说："大丈夫岂能吃来历不明之食！"起身就走了出来。从此以后，厨下之人都抱成一团，互相包庇，难以容我共住。那位典座私下里与都管（总管）商议，板堂（寺中执掌报时的殿堂）无人，就让我去值守，看香接板（古时以燃香计时，到规定的时候鸣板发信号）。这间殿堂空旷，僧床广大，我一人独睡，就像在冰窟里一样。有一房头老僧，是阉宦出家，最有慈悲道心，怜愍我志高守贫，一日黑夜推门进来，贴着我耳朵悄声说："此件东西送你御寒吧！"说完就走出去了。我伸手一摸，像似棉絮但不柔软，盖在身上一点也不暖和。天明一看，原来是一床补了无数补丁的旧棉絮。东西虽说不好，但我十分感念他的慈悲之心。

到十二月十六日，学咒完毕，我前去礼谢首座师，师父说："开春元旦（大年初一），河口镇一位桑居士，要来寺里礼拜梁皇忏，你应当把咒读熟。忏资可以治办自己的衣履等用物。"我曾和成拙、觉心约定这天会面，也就无心于此。到十二月廿八日，拂晓时分，我起身向首座师住的寮房拜了三拜，回头就下了山。到了东阳，打听去祖堂的路。走了一百多里，太阳落西，群星映空之时才到，问成拙、觉心在不在，执掌云水堂的主僧说：“几天以前，他二人相随去朝南海了。走时曾留下口信，若华山绍如来找，就让他随后赶去。”第二天一早，我就动身，过牛首时，逢见化主顿修，我们曾在贵州水月庵相识，他坚持留我过年。次日吃了点东西，我就不辞而别，到达灵谷寺，正是腊月三十日晚，云水堂中多半是江湖帮中人，喧嚣扰杂之极，又无空处。我就在门扇背后坐到天明，吃了早粥，就出发了。

出门遇见该寺当家，法号弘传，对我说：“今天元旦，为什么就走了呢！请回寺安息几天吧！”我见他道谊殷切，就又回到寺里，用了午斋，还是离开了灵谷寺。走了二十里，投宿在一个小庵里。

古林庵乞戒

初二日歇土桥南庵，初三日于途中忽遇成拙，问云：汝二人同去朝海，云何独回？成拙云：觉心至无锡县先去海上，我后到杭州，闻三昧老和尚在五台山旧路岭传皇戒，所以返回相约同往。余云：五台路远，皇戒未实，莫若南京古林庵受戒，此处是律祖古和尚开创，于汝意云何？由是两人到古林庵，言其受戒。知宾云：若欲受戒，每人攒单银一两五钱，衣钵自备。成拙有衣无银，余银衣俱无，惟有滇南大密蜡金念珠一挂藏怀，即取出予知宾作攒单造衣之费。知宾接之，似肯，入房。余耳目少聪，见窗内有人窥视，闻言：此二人是江湖，恐念珠来处不明，切勿予单。知宾出房语云：常住不便，自备衣钵再来。余接念珠在手即行，彼留吃饭，余云：是龙须归大海，岂在牛迹窝中！即出投别庵而宿。次日渡江过浦口。

【译文】初二日，歇土桥南庵。初三日，在路上忽然遇到成拙。

我问他：“你们二人同去朝海，怎么你一个人回来呢？”成拙说：“觉心到了无锡县先去海上了。我后到杭州，听说三昧老和尚在五台山旧路岭传皇戒，所以返回来找你，一起同去。”我说：“五台山路途遥远，是否真传皇戒，还不一定落实。还不如就在南京古林庵受戒。这古林庵是律宗祖师古和尚（古心和尚）开创的道场。你看怎么样？”因此我两人来到古林庵，说来受戒。知宾师（寺中专管接待外来人员之僧职）说：“要想受戒，每人交单银一两五钱，衣钵自备。”

成拙有衣无银，我是银衣都没有，怀里只有一串滇南产大密蜡金念珠。就拿出来，交给知宾师作挂单制衣之用费。知宾师接到手，好像答应了，转身走进房去。我的眼睛和耳朵都还很灵敏，见窗里有人向外偷看我们，听得里面说：“这两人是江湖，恐怕念珠来路不明，千万不能允许他们挂单。”知宾师走出房来说：“常住办理这些事情不方便，还是启备好了衣钵再来吧！”我接过念珠转身就走，他留我们吃饭，我说：“是龙终须归大海，还能困在牛蹄窝子里！”马上走出寺来，另找了一个庵子投宿。次日渡过长江到了浦口。

赴五台道中

正月十四日宿红心铺，闻流贼将近，男妇涕哭，抛儿弃女，惨不可言。余同成拙咽无点水，腹无粒米，从旦至暮，奔走百余里宿三铺。十五夜，流贼破凤阳，烧毁皇陵。成拙与余走北，徐州歇。次日渡黄河无船〖黄河为旧黄河道，与今异也〗，坐岸至午间，有差马至，捉得船来，附之同渡。正到中流，水甚激湍，渡子酒醉手软，船又渗漏不坚，差使慌乱呼天，余二人惟专念佛。幸有微风飘船入芦苇，置浅水上，两人手挽芦苇，涉水登岸，投宿荒庵。

【译文】正月十四日宿红心铺。传闻流贼过来了，男人妇人涕哭，一片嚎哭之声，抛儿弃女，惨不可言。我和成拙滴水未进，腹内空空，从早到暮，疾走了百余里，宿三铺。十五日夜，流贼攻破凤阳城，烧毁皇陵。成拙和我向北走，到了徐州，才歇下脚来。次日渡黄河，但无船，就坐在岸边等待，直到中午，见有官差马队，捉得船工和船过来，我们就顺便搭渡。行到中流，大水湍急，船工喝醉了酒，手软无力，船又破旧漏水。差官乱了手脚，连呼苍天保佑，我们二人只专心念佛。幸好吹来一阵微风，把船飘入芦苇丛中搁浅，我俩人手抓芦苇，涉水登岸，在一荒庵中过夜。

参礼三昧老和尚

次日长行，或冲风冒雨，或戴月披星，或望村庄乞食，或就耕夫化餐。于三月初一日至长城口，过龙泉关达晋地，到五台山旧路岭。其十方堂在山门外，二人安单已，诣方丈参礼三昧老和尚。有二北僧守门，语云：有香仪可进，若无且退。见彼人语粗硬，难以理言，回堂叹云：登山涉水不远数千里而来，今无香仪，不能亲见善知识。成拙言：不必忧恼，明早守门者去吃粥，自进礼拜。次早忍饥，直入方丈顶礼。和尚问云：汝二人从何来？答：从云南来。又问：来此作么？因无衣钵不言受戒，但言朝台。和尚云：文殊在汝，反来朝台，实念修行去。二人礼谢而出。由此发愿，若作善知识，不受客僧礼，俾淡薄禅和易得相见。

【译文】第二天，开始长途跋涉，有时冲风冒雨，有时戴月披星，或者去村庄中乞食，或者向耕夫化餐，于三月初一日方到长城口，一过了龙泉关，踏上了山西地界，最后到了五台山旧路岭。这座寺接待来往僧人的十方堂，设在山门外。我和成拙两人安好单，就前往方丈室参礼三昧老和尚。有两位北方的僧人守门，对我们说："有香仪（敬香的钱），可以进去，如果没有，就退下。"我们看他语气粗硬，难以理喻，就返回十方堂，叹息不已，说："我们登山涉水不远数千里，前来亲近善知识，现在因为没存香仪而不能参见，这如何是好？！"成拙说："不必忧心烦恼。明早等守门人去吃粥时，我们自己进去礼拜。"次日一早忍着饥饿，直接进入方丈室顶礼三昧老和尚。老和尚问我们说："你二人从哪里来？"我回答："从云南来。"又问："来这里干什么？"我们因为没有衣钵，就没有提受戒的事，只说是来朝拜五台山的。老和尚说："文殊菩萨就在你那里，你反而来朝五台山，老实念佛修行去吧。"我们赶紧作礼辞谢完了就出来了。我们从此发愿，将来自己作了善知识，决不收受客僧的礼物，以便一些穷困贫寒的出家人也能够容易相见。

琉璃光下读经

遂上台至塔院寺。彼寺有二房僧是师兄弟，发心讽五大部三载〖五大部者，相传为《华严》、《涅槃》、《金光明》、《大方便佛报恩》、《大乘本生心地观经》也〗。见已相问，知是从滇远来，欢喜留住。成拙自愿担水，送余堂内讽经。成拙担水毕，专读《法华经》。余除上殿佛事已，惟阅《楞严义海》。二人口无杂语，足不散蹈，每至中夜放参。台山大小诸刹，皆以燕麦磨细调糊为餐。本寺方丈师号德云，及房头众僧，看余二人如是勤学，一月不更，俱生信敬，私请米斋。余共成拙议云：我等众中学事，令人睡眠不安。彼伽蓝殿夜点琉璃，内空无人，莫若就琉璃光，一者不碍于他，次则心寂易记。约至夜静时止。五台春秋尚寒，况乎冬际，到十月间，衣又单薄，手捧经卷，足立光下，用功时浑忘所以，至于歇息掩卷，则指不能曲，足不能移，通身抖战，寒彻肺腑。然虽如是，其志愿愈坚。

【译文】我们就上了山，到了塔院寺。这寺里有两个房头僧人是师兄弟，发心诵五大部经三年。问了我们，知道是云南远道而来，很欢喜让我们留住。成拙自愿担水供僧，让我进堂内诵经。他担完水，专读《法华经》。我除了上殿作佛事之外，空余时间就阅《楞严义海》。我们二人口不说闲话，腿不胡乱跑，每天到中夜才放参（休息）。五台山上各大小寺庙，都以燕麦粉调成糊粥为食。塔院寺方丈师，法号德云，以及房头众僧，见我们两人如此勤学，一个多月下来无丝毫改变，都对我们产生了信敬之心，私下里请我们吃米粥。我和成拙商量说："我两人在众僧人中深夜研学，会打扰他们的睡眠。那边伽蓝殿（供奉寺庙护法神的殿堂）里，晚上点着琉璃灯，里面没有人，我们不如到那里去就琉璃灯光研习，这样既不妨碍别人，我们也心思寂静集中，利于记忆，学到夜静时就停止。"五台山上春秋两季尚且很冷，何况是冬季了！到了十月间，我们的衣着又单薄，手捧经卷，直立在灯光下，集中心力用功时，什么都感觉不到。到得掩卷歇息时，手指僵直不能屈伸，双腿冻木难以迈步，通身抖颤，寒彻肺腑。虽然如此，我们的志愿却更加坚强了。

初登讲座

至开春是崇祯九年〖师三十五岁〗，于二月初，觉心朝海回南京，寻至五台山相会。三月中有一朝台僧，是楚人，号皎如，曾在宝庆府同听颛大师《楞严四依》，见余在堂，入内相看。众问其由，彼详说余之行脚。方丈德云师知已，设斋集寺众，请余四月初一日讲《楞严经》。因叨厚爱，苦不能却，至七月初一日经完。余等始入台山，即住塔院，未朝五顶诸刹。初三日先上东台，彼主僧即以法师礼款接。次登北台，当家僧亦尔。由是心怀惭愧，所以余台未朝。

【译文】开春正是崇祯九年。二月底，觉心朝海回南京，一路寻找我们，来到五台山相会。三月中有一个朝礼五台的僧人，是楚地（湖北一带）人，法号皎如，我们曾在宝庆府，同听颛愚大师讲《楞严四依》，见我们在堂里，就进来相见。有人问起他和我们相识的缘由，他把我行脚的详细情况说了。方丈德云师知道了，就设斋召集全寺僧众，请我四月初一日开讲《楞严经》。我承蒙厚爱，苦于不能推卸，只得承当。到七月初一日方得圆满。我们三人初来五台，就一直住在塔院寺，未曾朝礼五顶各佛刹，所以七月初三日先上东台。那里的主持僧，用接待法师的礼仪款待我们。接着到了北台，当家僧还是这样接待。因此我心中感到惭愧，其它几台就没有去朝礼了。

赴北京

初八日告辞方丈及众房，欲往北京乞三昧老和尚戒。方丈师切留不舍，见余心志先驰，不能久住，遂备三骑骡，送余及成拙、觉心，同行至旧路岭，留宿一宵。次早德云师仍不忍别，复送至棠梨树下院，天明饭罢拜辞。德云师含泪嘱云：若受戒已，还请入台，切莫负望。

【译文】初八日，告辞了塔院寺方丈及各房僧众，打算去北京向三昧和尚求戒。方丈师殷切挽留不舍，见到我们无心在此留住，就准备了三头骡子，为我、成拙和觉心送行，并伴随我们一直走到旧路岭，留宿了一夜。次早德云师仍然不忍分手，就又伴送我们到了棠梨树下院。天明请我们用了斋饭，才一一拜辞。德云师在分手时，眼含泪水一再嘱告说："受戒完毕，请还来五台，千万不要辜负我们的切望。"

到保定

七月十九日到保定府方顺桥西，罗睺寺宿。成拙在台时，曾有沧州道人相约，故尔往彼〖此时成拙逃散，至十二年，乃到华山，见卷下〗。次日午后出寺门散步，远望一树林荫翠，与同行六人趋林，贪凉坐久，日将西沉。望空中隐隐似雾，耳闻啾唧之声，渐渐飞尘若云，少顷老幼男女遍野竞进，犹山崩海涌而来，方知为兵马驱迫。同坐者各自逃散，惟觉心随之。两人不能复回宿处，亦不能奔走通衢，向南乱步，投宿多是小庙，日食仅可一餐。

【译文】七月十九日到保定府方顺桥西，投宿于罗睺寺。成拙在五台山时，曾与一沧州道人相约，所以他去了沧州。次日午后，我和觉心等出寺门散步，远远望见一片树林，碧绿荫荫。我们一同出来的六人，就走到林子里，因为贪凉坐得久了些，太阳都快西沉。这时正想起身回寺，只见空中灰蒙蒙一片，像雾一样，又听到叽叽喳喳的声音。渐渐看到飞扬的尘土像云一样翻动。不久，见到无数老幼男女遍野，竞相狂奔，像山崩海涌一样冲将过来。才知道是后有兵马追击。一同坐在树林里的人，各自逃散，只有觉心和我在一起。不能再回寺里去了。也不能走大路，就向南面慌乱跑去，一路上歇宿的多是小庙，每天只能吃一餐。

改号见月

逢沟涉水，路错绕道。一日行次腹饥，歇息荒冢树下，谓觉心云：我等自滇而南，自南而北，今复自北而南，往返二万余里，徒劳跋涉，志愿罔成。披剃师命号绍如者，以冀弘法利生，斯皆绝分，愧之至极。余名读体，体者身也，乃法身理体。读教以明所诠之理，理明则诠忘，犹因标指见月，月见则指泯，今余改号见月。二人转思转悲，目泪难禁。有一老人过此，观余二人伤感若是，诘问何故。余详告行脚不遂之苦。老人叹息不已，语云：吾姓李，是长斋道人，孤无眷属，为人训蒙。因兵马大乱回家，前面小庄便是，可请同往歇宿一日再行。及至其家，被贼劫物，室内罄空，彼往邻家借得粗面，作饼为供。次日辞行。

【译文】我们逢沟涉水，路错绕道，就这样一路走去。一天走在路上，腹内感到十分饥饿，就在树下一个荒冢旁歇息，我对觉心说：“咱们从云南到南方，又从南方到北方。现在又从北而南，往返二万多里，徒劳跋涉，所立志愿也没有实现。披剃师给我起法号绍如的目的，是希望我能弘法利生。现在看来，这些都绝了缘份，真是惭愧至极啊！我法名读体，“体”就是身，就是“法身理体”。读经教才能懂得经教所阐明的“理”，理明白了，阐释道理的文字就可以忘了。这就像借助于手指标示月亮，见了月亮就无须注意那个手指了，这是同样的道理。现在我要把我的号改为见月。”我们二人翻来覆去想啊想，越想越觉悲戚，伤心的泪水不觉卜簌簌落了下来，这时有一老人从旁经过，见我二人感伤得如此悲痛，便前来问是什么原因。我详细讲了长途行脚而又不能实现愿望之苦痛。老人连声叹息不已，对我们说：“我姓李，是吃长素的道人，孤独一人没有亲眷。给人家小孩教书，因为兵马大乱才回家来，就在前面小庄上。可以请你们前去同暂住一宿，然后再走。”到了他家一看，屋里已被流贼抢劫一空，他就去邻家借了些粗面，烤了饼子供我们吃。第二天我们就向他告别动身了。

南宫县道上老僧

又走六日，上南宫县大道。至午后无化斋处，望前有一小庵，觉心在外，余独进内。见一老僧，无人相佐，自己炊煮。向之问讯，亦不还礼。余即为彼烧火。饭熟自坐而食，余亦自取碗箸盛饭坐吃，亦不言语。彼吃一碗，余添第二。乃云：世间不见汝这人，主不说，自取食。余回云：世间亦不见汝这人，客在前，不逊请，便自餐。彼看着大笑道：也是个禅和子！我幼年曾参访知识，行脚诸方，因不老练，多忍饥饿。汝今如是，请随量用。余云：门外还有一道友。彼生欢喜云：请进同用。二人饱餐告别，彼复留住三日。

【译文】又走了六天，上了南宫县大道。至午后都没有化斋之处，遥望远处有一小庵。来到庵前，觉心留在外面，我独自进去。只见一位老僧，没有人帮他，正在自己烧火作饭。我向他合掌问讯，也不还礼。我就上去替他烧火。饭熟了，他自己盛了饭，坐在那里吃起来。我也自己动手取了碗筷，盛了饭坐下吃起来，我也不说话。他吃一碗，我添第二碗。他才开口说："世上从不曾见过有你这种人，主人没开口，自己倒动手盛饭吃。"我回答说："世上从未见到过你这种人，客人站在面前，都不说句客气话请吃饭，所以我就自己动手。"他看着我大笑说："倒也是个禅和子。我年少时出去参访善知识，到处行脚，因为不老练，常常挨饿，你今天也是这样，请随量吃吧！"我说："门外还有一道友。"他一听很喜欢。说："请他进来一起吃。"我和觉心饱餐一顿，起身告别，他不肯，又留我们住了三天。

平素师

至九月初到江南瓜洲，于息浪庵挂单。遇一滇僧，号清如，叙问行脚，知在北遭兵难回南。次日同余二人渡江，往甘露寺。当家师号平素，亦是乡里，久住镇江府，皈信者多，最喜滇人下南参学。清如先为通知，余同觉心次进礼拜。平素询其遭难之由，余不讳实说。师安慰云：吾少年参访，亦有许多逆境当前，道心毫无退堕，今日乃有些须因缘。汝二人寻师乞戒，往返南北，种种坎坷，初念不怠，他日化导因缘自然殊胜。且放怀住此。开春崇祯十年〖师三十六岁〗元旦，是吾母难日，讽五大部经报恩，汝二人可同众讽之，其衣单在吾为办。至期毕已拜辞，余云：三昧和尚遥居北都，不能复往，俟南回时再求受戒，今欲诣天童参禅。素师赞助，为置行李外，每人赠路费银二两五钱。

【译文】九月初，我们到了江南瓜州，于息浪庵挂单。遇到一个云南僧，号清如。谈起行脚的事，知道他在北方遭遇兵马之难才回到南方来。第二天便和我与觉心一起渡江，前往甘露寺。当家师法号平素，也是老乡，长期住在镇江府，皈依信仰他的人很多。他最喜欢云南人到江南来参学。清如先进去替我们通报，我和觉心接着进去礼拜。平素师问我们行脚遇难之事，我毫无隐讳地照实说了。平素师安慰说："我少年时参访，也遇到许多逆境，但求道之心丝毫没有退堕，今天才有这点因缘。你们二人寻师求戒，往返南北，经历了种种坎坷，最初发的愿心没有懈怠下来，以后你们教化开导众生的因缘，自然会很殊胜。现在暂且放宽心住在这里。开春崇祯十年元旦，是我的母难日（即母亲生他的日子），要讽诵五大部经以报母恩。你们二人可以和众僧一起诵经。衣单，我负责给你们办理。到诵经期毕，再走不迟。"我说："三昧和尚遥居在北京，我们不能再去，只好等他回到南方来时，再求受戒。现在我想去天童寺参禅。"平素师赞助，为我们置办了行李外，又赠给我们每人路费银二两五钱。

丹徒海潮庵

二月初三日到丹阳县桥头，欲附客船而行。觉心将被囊放脚下，看众船家争掣客人，互相排挤，被囊被人盗去。嗟叹因缘何至如此！幸余路费随身。日午往海会庵投宿，见无行囊不肯安单。告以桥头失物，彼庵去桥头不远，问知是实，送云水堂。遇有二游方僧，向北去曾同行数日，知余等行脚，语云：汝等求戒，三昧和尚已出北京，正月在扬州府石塔寺开戒。今丹徒县海潮庵请，二月初八起期，何不速去受戒！闻说愁闷俱解。

【译文】二月初三日到达丹阳县桥头，想搭客船过河。觉心把行李放在脚下，只顾观看各个船家互相排挤，争相拉揽客人，不想被囊行李被人偷走。我们只好叹息我们的因缘怎么到了这种地步！幸好我的路费还揣在身上。日到中午时分，我们来到海会庵投宿，见我们没有带行李，不肯安单。我们告诉他行李在桥头丢失。这个庵离桥头不远，他们去了解到确是实情，便送我们进了云水堂（即接纳行脚僧暂时安单之处）。遇到二位游方僧，我们北上时曾与他们同行数日。知道我二人行脚，就说："你们求戒，三昧和尚已经离开北京，正月在扬州府石塔寺开戒。现在他应丹徒县海潮庵之请，二月初八日起期，你们赶快去受戒。"听到这一消息，郁结在心中的愁闷完全烟消云散了。

熏六教授师

次早同觉心复返海潮，恰遇和尚入庵。闻教授师是楚人，号熏六，量洪智巧，辅化威严，总理戒期中事。乞知宾引至师寮礼拜，师问乡籍，余答滇中。师云：此庵当家者为葬师起期，每人攒银一两，衣钵自备。余云：行李在丹阳尽失，止有二两五钱路费。教授师云：此但一人攒单并造衣钵。余复为觉心求单，遂送余进戒堂，觉心入行堂寮。

【译文】第二天早上，我同觉心又回头去海潮庵，恰巧遇到三昧和尚入庵。听说教授师（即负责向新戒教授礼仪和戒律内容的僧人）是楚地人，法号熏六，心胸宏大，智慧妙巧，辅导教化很威严，总理戒期中一切事务。我就请求知宾师（即接待外来客人之僧人）引我到熏六师居住的寮房礼拜。师父问我乡籍，我答："云南。"师说："此庵当家师为埋葬他师父起期，每人交银一两，衣钵自备。"我说："行李在丹阳丢完了。身上只有二两五钱路费。"教授师说："这只够一个人攒单并造衣钵。"我又为觉心求单，接着就派人送我进了戒堂，把觉心送去行堂寮（即于用斋时为大众添饭、装茶水等之职。）

让 坐

新戒堂引礼师号耳圆，是山东人，性直欠方便。见余全无行李，不请律读，终日默坐单上，不犯堂规，无事求问，心不悦余。诃云：见月，此处非坐不语禅，为何不请律熟念？余答云：某不识字，亦无钱请本。凡有求戒者入堂安单，引礼师呼余云：见月，汝到此处坐，让后来人。余即如命，持衣钵移后而坐。如是后进堂十余人，一一皆呼移退让之。又有末后一人进堂，高单无空，将余移下地与香灯共坐。余毫无怨声，作游戏想。同堂众戒兄观之皆不平，谓余懦弱至极。余言：修行以忍辱为本，何况俱是同戒，理应移让。

【译文】新戒堂的引礼师（照看新来受戒僧人的起居和纪律的僧人），法号耳圆，山东人，性情耿直，但缺少灵活性。见我没有一点行李，又不请戒律读本，终日坐在自己的单位上，不发一言，又不违犯戒堂堂规，又没有事情去请教他，因此他心里对我很不高兴，就指斥我说：“见月，此处不是让你坐不语禅，为什么你不请律本好好地熟读呢？”我答：“我不识字，也没有钱请律本。”凡是进来一个求戒僧人安单，引礼师就叫我说：“见月，你到这里坐，把单位让给这个新来的人。”我就遵命，拿起衣钵向后面移一个单位坐下。这样，后进堂的有十几个人，每来一个人就让我退让一单位。又来了最后一人进堂，高单（即用木板搭成的连铺大床）上已无单位了，就叫我移到地下与香灯（专管殿堂上香点灯的僧人）共坐，我毫无怨声，只作游戏想。同堂的众戒兄见到这种情景，都很不平，说我懦弱至极。我说：“修行以忍辱为本，何况都是同戒，理应移让。”

背诵毗尼

至临背《毗尼日用》，引礼师将余开列于首，意欲折伏恳求。诸戒兄俱为余愁，语云：量汝不能背，何不拜求更易？余云：且到明日再看。次早执签引九人，至教授师前拜已，余一气朗声背终，犹泻瓶水。教授师云：汝每日默坐，谓不识字，今背得如是醇熟？余云：非不识字，为无钱请律，所以默坐，谛听左右邻单戒兄读，因此记得。师喜赐茶。回堂中，众同戒俱来相贺，于中最契者十三人，俱能其事。

【译文】时间逐渐临近背诵《毗尼日用》（受戒前，先须在教授师指导下学习戒律内容，预先须把戒律背熟，经过检验，方能登坛受戒）。引礼师把我的名字排在第一名，意思想折伏我。各位戒兄也为我着急，说："量你也背不出来，为什么不去拜求引礼师把名字排在后面？"我说："到明天再看。"次日一早，引礼师拿着名签带引我等九人，到教授师前礼拜后，我一口气朗声背诵完毕，就像把瓶中水倾倒出来一样无滞无碍。教授师说："你每天默坐，不发一言，说不识字，今天却背得如此纯熟。"我说："并不是我不识字，因为无钱请律书，所以默坐，专心听左右邻单戒兄读诵，因此就记住了。"教授师很高兴，并赐茶给我喝。回到堂里，各位同戒都前来向我祝贺，其中和我最相投契者，有十三人，都能这样背诵。

复讲《梵网经》

此期讲《梵网经》，香雪阇黎师代大座，四板首轮次复讲。一日首座师号乐如复讲，惟念和尚《直解》，于中一字不加，一义不出。余同契戒兄连坐一行，彼此相视，失口微笑。首座师见已不悦，回堂中即开余等十三人复讲。新戒沙弥自来未有此事，无非方便令求忏悔。过三日不见求悔，只得将所开之名呈送方丈。和尚谓实情举荐，一一慈允。此乃作假成真，难于停止。至余复讲日，内外惊骇，俱来集听。和尚、二师亦设座于后，慈降加庇。所讲者，是上卷中十金刚种子第十信心位。开卷念文已，先玄谈大义，然后依文解释。下座众口赞善，和尚、二师咸欣慰之。遂至方丈礼谢，和尚赐予被褥衣履。熏教授师问云：汝依谁听经？余言：在滇中依披剃师；行脚历宝庆府，遇自如法师代颛大师讲《楞严四依解》，亦曾随听。师云：颛大师是吾依止，自法师是吾契友，何不早说！熏师愈更青目，遂施觉心衣钵，入堂受戒。

【译文】这一戒期讲《梵网经》。香雪阁黎师（称戒师）代大座（即正座），四班首（首、西、后、堂）轮流复讲。有一天，首座师，法号乐如，复讲，他只把三昧和尚写的《直解》念了一遍，一字不增，一字不减，未作一点解释！我和相契合的几位戒兄并坐在一排，相互递着眼色，失口微笑。首座师看到，很不高兴，回到堂中，就指名要我们十人复讲。自来新受戒的沙弥没有这种事情，无非是用这种变通手段，逼令我们向他忏悔。过了三天、不见一人前去求悔，他只得把所开列的名单，呈送方丈。三昧和尚以为是实情举荐，就一一慈允。这真是弄假成真，再难于停止下来。

到了我要复讲的那天，内外众人都惊骇一片，都来旁听。和尚和二位师父（香雪阁黎师和熏六教授师），也在后面设座临席，慈降加庇。所要讲的内容，是《梵网经》上卷中的十金刚种子、第十信心位的内容，我开卷把文句念完，先总括说了大义，然后依文作了解释。下面听众，异口同声称赞。三昧和尚和二位师父都很欣慰。接着我去方丈室礼谢，和尚赐给我被褥衣履。熏教授师问我："你依谁听经？"我说："在云南时，依披剃师。行脚到宝庆府，遇到自如法师代颛愚大师讲《楞严四依解》，我也曾跟随听讲。"熏师说："颛大师是我的依止师，自如法师是我的契友。你怎么不早说！"熏师对我更加看重，马上就施给觉心衣钵，让他入堂受戒。

折伏魔障

于三月二十日午后，有丹阳贺家子侄，乃年少书生，性多傲慢，不信三宝，酒辛入庵，直进方丈，坐和尚法座笑谈。侍者相谏，彼反诃之，寺众不服故驱去。次早书生结众，来庵生事。和尚令圆戒罢期。寻常晚课，多在家者随喜。熏师欲以方便息事，保全道场，于晚课毕，集大众在韦驮前，白云：今道场被魔挠碍，不善终始。汝等弟子中，有舍身命护法门者，出来担荷！如是问已，众皆默然。余即应声排出，礼熏师。师云：汝但一人，何能欣为？余言：和尚戒子遍布天下，某一人当先，余皆从之。出家人无妻子可恋，无产业可系，无功名可保，无身命可惜；托钵饱餐，不赍路费；丛林栖止，不纳屋租。凡是僧家，以戒为亲，况为法门，谁不勇敢！一年十年必除魔党，和尚、二师请自晏安，莫以此事为念。若彼党中，果有能舍得妻子产业，弃得功名身命者，任彼挺身出来，与某甲作对。否则各务学业，深培德本。自古德行文章，不负庠中士子；功名事业，当为天下丈夫。岂为他人是非，而丧自己行德！熏师云：汝今众中如是承当，日后所为必依此说，何虑法门之不静，魔障之不除！大众各散，使随喜晚课者闻知，展转传播。次日午后，果有二十余人，是庠中斋长及乡耆等，至庵相拜熏师，亦请余会，以理讲和。圆戒仍在四月八日。和尚集众方丈，向二师及诸久随上座言：今日道场魔事不兴，则不显其见月，尔等为法为师，当如彼胆量心行，吾于此期中得人也。众闻礼退。二师开示余等同戒十三人，恒随和尚，冀为法门梁栋。

【译文】三月二十日午后，有个丹阳县贺家子侄，是个少年书生，性情傲慢，不信三宝，醉酒入庵，直接闯进方丈室，一屁股坐在和尚法座之上，嘻笑放肆。侍者上前谏劝他反而呵斥。寺中僧众不服，把他驱赶走了。第二天一早，这个书生邀约一伙人来庵滋扰生事。和尚马上令圆戒罢期。平常寺中晚课多有在家居士随喜参加。熏师想用方便办法把这桩事平息下去，保全道场，所以在晚课完毕时，把大家召集至韦驮菩萨前，说："今天，道场被魔挠碍捣乱，不能善始善终。你们弟子之中，有愿舍身命维护法门的人，就出来担当！"说完，大家都默然不语。我就应声推开众人站出来，向熏师顶礼。师说："你只一人，怎么能行呢？"我说："和尚的戒弟子，遍布天下，我一人当先，其它人都会随之而来的。出家人无妻子可恋，无产业可系，无功名可保，无身命可惜；托钵饱餐，不带分文；丛林栖止，不纳房租。凡是僧家，以戒为亲，何况为了维护法门，谁不勇敢向前！纵使用它一年二年时间，必除魔党。请和尚和二师放心晏安，不必以此为念。如果那一伙人中，果然有舍得妻子产业，能放弃功名、身命的人，让他站出来与我较量一番。否则，各家把自己的学业做好，好自培养自身道德之本。自古以来，有了德行和好文章，庠中士子都能成就功名，应当作天下大丈夫。难道有谁愿意为别人的是非，而丧尽自己的德行！”熏师说：“你今天在众人中作了这样的承诺，以后一定要依言而行，还怕什么法门不净，魔障不除！”众人散去，参加晚课的人都听到了，这话就辗转传播开去。

第二天午后，果然有二十多人，都是庠中斋长和乡中父老，来到庵上拜见熏教师，也把我请去了，双方以理讲和。圆戒时间未改，仍在四月八日。和尚召集大家来方丈室，对二位师父以及久随身边的上座说：“今天道场魔事如果不起，就显不出见月。你们为佛法，为人师，应当像他一样有胆量有心行。我在这个传戒期里，总算找得人才了。”大家听后，礼谢而退。二位师父开导指示我们同戒十三人，今后就作和尚身边的随侍，希望我们今后成为法门梁栋。

画图祝寿

初十日回扬州石塔。有本府慧照寺请和尚，择于四月二十日开戒。五月十八日是和尚大寿，众同戒俱乏礼物，余议可裱一长卷，自画五十三参图奉祝之。因此无暇，不能随期。和尚闻知，令余在方丈静画。复笑语云：见月，汝初登戒品，即入吾室。余愧礼拜。六月二十日，海道郑公请和尚石塔寺建盂兰会，讲《孝衡钞》。和尚命余往慧照寺，代香阇黎师座，讲《梵网直解》。香师回石塔，代和尚座讲钞。两处道场，皆七月十五圆满。

【译文】初十日回扬州石塔寺。扬州府慧照寺礼请和尚，择期于四月二十日开戒。五月初八日是三昧和尚大寿，我们同戒都没有礼物可送。我提议说："可以裱一长卷，自己画上五十三参图奉献和尚祝寿，因此我就没有时间，不能随大家去慧照寺起期开戒了。"和尚听说之后，就叫我进方丈室去静心作画，并笑着说："见月啊，你初登戒品，就入我室。"我惭愧地向和尚拜谢。六月二十日，海道郑公，请和尚在石塔寺建盂兰盆会，讲《孝衡钞》。和尚就命我去慧照寺，代香雪阁黎师座，讲《梵网经直解》，并请香雪师回石塔寺代和尚座，讲《孝衡钞》。两处道场都在七月十五日圆满。

不更法名

香师开示余同戒，求和尚改法名，以便常随任事〖改法名事，蕅益大师曾痛斥之，香师未能免俗，故以此开示〗。众同戒依言诣方丈，竞先礼拜求名。惟余独退于后顶礼和尚，跪白云：某因披剃师指示，方得离滇，南询和尚乞受大戒。若无披剃师，则不能薙发出家，亦不能受具为僧。恳和尚大慈允听，仍呼旧名，令某不忘根本，愿终身常侍座前。和尚语云：吾初受戒已，诸上座亦劝求律祖更名。思律祖讳如字，吾是寂字，披剃师讳海字，亦不敢忘本，改性字超于海字。吾弘戒三十余年，今见汝存心与吾同，不自欺也。作善知识惟重行德，不在呼名，许汝仍称旧名。

【译文】香师开示我和同戒们，去求和尚更改各自原有的法名，以便常随和尚任事。各位同戒依言，前往方丈室，都争先礼拜求和尚赐法名，只有我一人退到后面，顶礼和尚，跪地白告说：“我因披剃师指示，才得发心离开云南，南来向和尚乞受大戒。若无披剃师，我就不能剃发出家，也不能受具足戒而成为真正的僧人。恳请和尚大慈允听，让我仍叫旧名，使我不忘根本，我愿终身常侍和尚座前。”和尚说：“我当年初受戒后，诸位上座也劝我求律祖更换法名。想来，律祖讳如字，我是寂字，披剃师讳海字，我也不敢忘本，把性字改了，超于海字。我弘戒律三十多年，今天见到你的存心与我相同，这是不自欺心啊！作善知识，所依重的就是行德，不在于叫什么法名。我允许你仍称原来的名字。”

海潮同戒盛事及学律感应

彼时有泰兴县毗尼庵，请八月十五日开戒，众俱随行。熏教授师于初十日晚，白和尚定执事，谓：某教授新戒，中气不足，精神渐弱。应设一教诫西堂，总理各堂戒事，其单位安于新戒首堂，此任惟见月可以当，请和尚智鉴裁度。和尚即命侍者，集两序于方丈，白众差之。余跪白云：某今岁四月八日始圆具戒，未及半载，敢叨重任，岂有自不谙而教人者？恐无益于新戒，反有负于慈恩。请和尚于诸上座中，别选堪任者委之。和尚云：熏教授所举不错，吾亦知汝心行作用，十地菩萨尚且寄位修行，汝今不妨自学诲他，以体吾心，即此成就二利。两序齐声云：当顺慈命，不可再辞。余遂拜受差委。同戒中映宇、苍悟为书记，慧生、以仁、裕如、若愚、观之等为引礼，各各奋志认真，和尚座下未有如海潮同戒之盛。其首堂引礼，即余受戒之耳圆引礼师。余虽居权位，动止皆以师礼尊让。彼亦不执我相，堂规咸逊余行。

但余私心抱愧，倘遇乐学律者请问，何以决疑令喜？一日晚，诣熏师寮，白此心事。师云：藏中有大小乘律千余卷，吾未阅，汝既有此志，可请读学，作大律师，不辜吾于稠人广众之中识汝。由是觅人往嘉兴请得《广律》，从此昼则总理各堂戒规，夜则灯前展卷详阅。临文古义滞处，苦无谙者请问，掩卷长叹，惟礼祷菩萨，乞求开晓。礼罢少坐片时，复展卷味义，犹开门见山，泠然无疑。如斯感应，每每不爽。

【译文】那时泰兴县毗尼庵请和尚于八月十五日开戒，大家都随行。熏教授师于初十日晚，向和尚白告，请定各堂执事，说："我现在教授新戒，中气不足，精神渐弱，应该设置一名教诫西堂。总理各堂戒事，其单位安在新戒的首堂。这项任务，只有见月可以担当，请和尚智鉴裁度。"和尚马上命侍者召集两序僧众（寺中僧人，在方丈之下分东西两班序列，称两序；东序负责寺中之行政管理；西序负责法务管理）来方丈室，向众人宣告对我的委派。我跪地白告说："我今年四月八日才圆受具足戒，还不到半年，哪里敢担负这样的重任。我自己都没谙熟律法而再去教人，担心不利于新戒，也辜负了和尚的慈恩。请和尚在各位上座中，另选能担当此任者委任吧！"和尚说："熏教授推荐得不错。我也知道你的心行作用。十地菩萨尚且还要寄位修行（到人间担负一定的工作，以利修行）。你今天不妨一边自学，一边教诲他人，以体谅我的用心。这样就一举两利。"两序大众齐声说："你应当随顺和尚慈令，不可以再推辞了。"我只好拜受了这项差委。

我同戒中的映字、苍悟为这次戒期的书记，慧生、以仁、裕如、若愚、观之等为引礼。人人发奋努力，严肃认真，和尚座下还未曾有过像海潮庵同期受戒的这一批人那么热情鼎盛，其首堂引礼师（即总理全部行礼职事的僧人），就是我受戒时的引礼师耳圆，我虽然居于掌权之位，但动止都以师礼尊让他。他也不执我相（很谦虚），一切堂规之定夺，都谦让照我的意思行事。但我的内心一直怀着惭愧，倘若遇到乐于学习戒律的人前来请教，我怎么做才能让他辨明是非，而高兴满意呢？一天晚上，我前去拜诣熏师寮，向他说明了我的担心。师说："三藏中有大小乘律一千多卷，我没有阅读过。你既然有此志向，可以请来边读边学，将来作大律师，才不辜负我在广众之中把你识别出来。"因此就找了人前往嘉兴，请了一部《广律》回来。从此，白天我料理各堂戒规，夜里则挑灯展卷，详详细细阅读学习。一旦遇到文字古老意义难懂之处，苦于没有精通的人请教，只有掩卷长叹。这时我唯有向菩萨礼拜祈祷，乞求加被开晓。每次礼罢，少坐片刻，再展卷体会其义，就会如开门见山，豁然无疑了。像这样的不思议感应，每次都如此。

却新戒供衣

此期定十一月十五日圆满。三日前，本堂新戒同造黄绸大衣一顶送余，均感教诲不倦之心。余语众云：和尚与教授师，将重任委付，理应尽心司职，辅化法门，岂为邀名贪惠而为首领！正色辞之。彼等持衣至方丈拜跪，陈说奉供之由。和尚谓余云：律中惟禁贪求，不禁自施，汝可受取。余云：某不受此衣有二意，一则愧己戒浅任重，恐不足者借此生谤；次则和尚法门高峻，恐后司事者以为例端，故尔却之。和尚肯首，谓众新戒：西堂不受此衣，为全己德，惜护法门，汝等莫复强送。十八日随和尚返扬州石塔寺。高邮承天寺请十二月初一日起期，至开春正月十五日圆满，余仍为西堂。

【译文】这一期传戒法会，定于十一月十五日圆满。结期前三日，本堂新受戒的弟子们，念我教诲不倦之心，共同制作了一件黄绸大衣（僧袍）送我，我对他们说："和尚与教授师，把重任委付给我，理应尽心尽职，为辅助弘化法门出力，难道是为了邀名贪惠方作首领不成！”我严肃谢绝。他们捧着衣服去到方丈室拜跪，向和尚陈述了奉供此衣之因由。和尚对我说：“戒律之中只禁贪求，不禁自愿布施。你可以受取。”我说：“在下不受此衣有两重意思：其一，我自愧于戒行浅而责任重，恐有不足的地方，有人借此产生毁谤；其二，和尚法门高峻，唯恐以后担任各项职事的人以此为肇端，开了先例，所以不受。”和尚赞同了我的想法，对各新戒说：“西堂不受此衣，为的是保全己德，惜护法门。你们不要再强送了！”十八日随和尚返回扬州石塔寺。高邮县承天寺，礼请和尚十二月初一日起期传戒，至开春正月十五日圆满，我仍担任西堂之职。

卷下

熏师请三昧和尚付衣

崇祯十一年〖师三十七岁〗，正月十七日回石塔。本府善庆庵，请正月二十日开戒，三月中圆满，余仍居首堂。邵伯镇宝公寺，请四月初八日起期，余居西堂，戒期圆满，仍还扬州石塔。

崇祯七年，和尚在北都弘戒，神宗之女荣昌公主与驸马杨公，阖府皈依，遣使送金襴紫僧伽黎三顶，一供和尚，一供香阇黎师，一供熏教授师。至是，熏师持此衣入方丈礼拜，含泪白云：某侍和尚座，任教授师十一年，每每留神，观诸新戒品格，验其心行作为，欲觅几人辅弼和尚法门，到今于海潮期中乃得见月。某自思近日食少神减，不久辞世，恳乞和尚慈悲，将此荣昌公主所供紫衣付彼。某目视有人，死亦遂愿。和尚叹云：汝真是吾股肱弟子，远虑法门。即集常随首领为证，和尚亲手以衣付余，语云：汝当如熏教授侍吾，则法门增益矣！余涕泪盈襟拜受。所谓生我者父母，知我者熏师也，如斯大恩，惟利生可报。

六月中，淮安清江浦檀度寺请开戒，七月十九日和尚圆戒，欲上东海云台山随喜，命余督造牒录散众，事毕亦上云台。八月余上云台复命，十三日下山渡海，仍回石塔。

【译文】崇祯十一年正月十七日，回石塔寺。应本府善庆庵之请，正月二十日开戒，三月中圆满，我仍任首堂。又应邵伯镇宝公寺之请，四月初八日起期，我任西堂，戒期圆满，仍返回扬州石塔寺。

崇祯七年，和尚在北京弘戒时，神宗之女荣昌公主与驸马杨公，带领全府人等皈依和尚，曾遣使奉送金桐紫僧伽黎（袈裟）三领，一件供养和尚，一件供养香雪阁黎师，一件供养熏六教授师，到了今天，熏师带了这件公主与驸马当年供养他的袈裟来到方丈室礼拜，含泪白告和尚，说："在下奉侍和尚座下，任教授师十一年。随时都在注意，观察各位新戒的品格，考验其心行作为，想找出几个人来辅弼和尚法门。到了今天，在海潮庵戒期中才得到了见月。在下心里想，近日食量减少，精神减弱。不久就要辞别尘世。恳乞和尚慈悲，把荣昌公主所供这件紫衣，转交给他。在下亲自见到有人接替，死亦满愿了。"和尚长叹一声，说："你真是我的股肱弟子（左臂右膀），关心着法门的未来。"马上召集各位常随首领作证，和尚亲手把衣服给我，说："你应当像熏教授那样侍奉我，则法门就壮大了！"我涕泪盈襟，拜礼而受。所谓生我者父母，知我者熏师也，这样的大恩，唯有弘法利生可以报答。

六月中，淮安清江浦的檀度寺，恭请和尚开戒，七月十九日圆戒，和尚想上东海云台山随喜，命我留下来负责办理度牒及名录编造和发放，然后散众（让新戒们散去），办理完毕，也上云台山。八月我上云台向和尚复命，十三日下山渡海，仍回石塔寺。

南京报恩寺开戒

南京护法宰官，请十月十五日于报恩寺开期。熏师抱病石塔，余侍汤药。和尚进京，独行师为阇黎，香师为教授。复来呼余，坚辞未去，又复来呼。熏师至孝，谓余云：吾病虽重，和尚慈命莫违。所嘱者，吾若去后，荼毗已，可送灵骨瘗天隆律祖塔右〖天隆寺名见后文〗。余闻悲泪，实不忍离。师言：和尚初进南京，求戒者广，两次急呼，想有重托，速行不可再迟。只得拜辞熏师，亦进京城。

【译文】南京有几位护法宰官，请和尚十月十五日于报恩寺开期。熏六师抱病石塔寺，我侍奉汤药，照料他。这次和尚进京传戒，独行师为阇黎、香雪师为教授。派人回来叫我去，我坚辞，没有去，后又派人来叫我。熏师生性极孝，对我说："我病虽然重，你不要违背和尚慈命。我所要嘱托你的，只是我走后，荼毗（火化）毕，可把灵骨送到天隆寺葬在律祖塔右。"我听后悲泪滚滚难止，真不想离开他。熏师又说："和尚第一次去南京，求戒的人一定很多，两次紧急传呼你去，想来一定有重大事情要委托你，赶快去，不能再迟延。"我只得拜辞熏师，去了南京。

安单整肃

和尚问熏师病状，余白甚重。仍差余西堂。香师亦以教诫事委付总理。其新戒堂在西方殿后，求戒者六百余。和尚云：新戒多，两阇黎下堂未曾次第安单，汝今可去安之。余即下堂，见行李遍地，观诸人半是听经学者〖可见当时不急于受戒，故有听经多年而未受戒者〗，不无狂慢习气，须以自谦之术调之。于中白众言：余奉和尚差，在此忝居西堂，今与众共议之，听则依规和合，否则不能料理。请观此堂，中间宽广，数百人可以经行，周围单窄，众多难容。若欲都上高单，余者何以安宿？余先就地开单，众中果是真心求戒者，好事让人，即此以显无我而成就菩萨行。请随余次第就地开单，须横直成行，莫参差进出。若是本京或有小床者，明日将来，照今单位安置。若是外京无小床者，俱上高单。各宜肃静。众闻余言，欣然依从，无有诤竞。此堂中新戒六百余人，单次整齐，犹如巷陌，随喜诚为大观。每夜讲律一时，终朝教诫，众皆敬服。

【译文】和尚问熏师病况，我禀告说很重。我仍被指派担任西堂。香雪师也把教诫新戒的事委托我总管起来。新求戒的有六百多人，安单的堂室在西方三圣殿后。和尚对我说："新戒多，两位阇黎下去没有把他们的单位次序安排好。你现在下去安排一下。"我马上下去，一看行李遍地乱放，那些来求戒的人，多半是听经的人、不无狂慢习气，必须以自谦的方法来调教。我就向大家说："我奉和尚的指派，来这里勉强担任西堂之职。现在和大家一起商量一下，愿意听从的就依规矩和合相处，否则就不能照应大家了。请大家观察一下这堂内，中间宽阔，数百人可以经行（走动），周围的单铺窄狭，人多就睡不下。如果大家都想睡高单（通铺板床），剩下的人怎么办？所以我想先从地上开始安置单位。你们中间凡是真心实意来求戒的人，好事应该让给别人，这样也可以显示无我的精神，成就菩萨的行愿。现在就请大家随我依次序在地上安单。必须横直成行，不要参差不齐。凡是来自本京城内的人或是自带了小床的人，明天就把小床带来，按今天定下的单位安置。凡是来自京城以外的或没有小床的人，都上高单。希望大家各自肃静，不要哄乱！"大家听后，欣然依从，没有争抢的现象。这个大堂中住了新戒六百多人，单次排列整齐，就像街道巷陌一样，一眼望去真成大观蔚然！每天夜里讲解戒律一个时辰，全天随时对他们进行教育劝诫，大家都很敬服。

临坛尊证

闻点临坛尊证，为首沙弥霄远，年五十岁，是荆州府人，在京久随讲席，与诸同戒议之，欲请余临坛，共往方丈跪白。和尚令侍者来召余言之，余云：某腊不满二夏，而况德薄行凉，何敢预尊证位。和尚言：此是数百新戒同心愿请，非汝妄僭，不必再辞，所谓因缘时至。余遂勉强拜谢。

【译文】他们听说要点定临坛尊证师（即正式开坛受戒时，必须有十位德高望重的比丘临坛作证，即称尊证师）的消息，其中为首的一位沙弥（初出家并受了沙弥十戒者）名霄远，五十岁，荆州府人，在南京长时随讲席听经，就和他的同戒商量，想请我作临坛尊证。他们一起找到方丈，跪地向和尚禀白了他们的请求。和尚就令侍者来召我去，说明这件事。我说："弟子戒腊不满二夏（受具足比丘戒后，过了几个夏天，就叫几夏），何况我修行浅薄行德无有，不敢列身于尊证之位。"和尚说："这是几百个新戒同心愿请，不是你狂妄僭位，不必再推辞。这正所谓因缘时至！"我只得勉强拜谢。

清规凛凛符出家初梦

西方殿近库司，三时粥饭俱就单用。一日，辰时不来行堂，查问其由，谓行堂者索新戒攒钱，故尔为难。即捉行堂者罚跪香，厨内百多人结党，一齐下西方殿。余往僧录司契玄处说之，彼即令管事僧关闭各门，将典座饭头墩锁，余者或越墙而走。此是京城期场，厨下堂中旧风，从此一整，凛凛守规，无敢相犯。至临坛日，与初出家夜梦无殊。

【译文】西方三圣殿，紧邻库司（库房和厨房），三个时辰的粥饭，都是各在自己的单位上就食。有一天，到了辰时用斋时，不见行堂者送斋饭来。我就查问原因，了解到是行堂者向新戒索要钱物，得不到，故而刁难。我马上把行堂捉来，罚他跪香。厨房里的一百多人抱团结成一党，一齐离开了西方殿。我就去找僧录司（管理僧人名录和纪律的机构）的契玄师，说明了情况。他马上下令各管事僧把寺庙各门关闭，将司库典座和饭头用木枷锁起来，其他有关者，有些翻墙逃跑了。这种情况是京城里每期道场中厨房堂里的旧风气。从这次以后，得到了整肃，都兢兢业业守规矩，没有敢再犯的了。到了正式传戒临坛的那一天，当时的情景，正和我初出家那天夜里所作的梦境，没有丝毫相差。

迎送熏师灵骨

忽闻熏师涅槃石塔，送灵骨至南门桥下。余悲忆师恩，泣泪不已，即会同戒十三人，迎师灵骨，权送普德供奉，道生师住彼守灵司香。余等回报恩宝塔下，于八方设坛，百僧环绕礼忏七日。十二月初一日，和尚、二师，及诸上座，余同戒等，领众新戒，幡幢引导，执持香花，千余众佛声不息，送师灵骨诣天隆寺，不违顾命。戒期毕，大司马范公留和尚一花庵，择元旦日皈依、禀戒。余等拜辞和尚，先还石塔〖师三十八岁，崇祯十二年也〗。

【译文】传戒期中，忽然得到消息，熏师已在石塔寺涅槃，灵骨运去天隆寺途中，现已抵南门桥下的船上。我悲忆师恩，泣泪不已。当即约会同戒十三人，迎师灵骨，暂且寄供在普德寺。道生师留在寺中负责守灵司香，我和其它人回报恩寺，在宝塔下，于八方设坛，百僧环绕礼忏七天。十二月初一日，三昧和尚、二位阇黎师及各位上座，我和各位同戒，带领众新戒，幡幢前导，各人手持香花，共一千余人，佛声不断，送师灵骨到了天隆寺，实现了熏师临终前的遗命。传戒期圆满之后，大司马范公敬留和尚在一花庵，择期元旦日举行皈依仪式及受五戒。我和其他人拜辞了和尚，先回石塔寺。

宝华道场

正月初九日，和尚登舟回石塔，龙潭阻风三日，有定水庵僧楚玺，乃妙峰大师孙，大师奉神宗旨，建铜殿于华山，请和尚随喜。到山见路径草覆，阶陛参差，殿堂香灯寥落，廊庑空寂人稀。和尚叹息云：此丛林未及五十载，云何冷落如是！楚玺言：因乏道德人主持耳，恳求和尚慈悲中兴，先祖觉灵亦感不浅。和尚慨然许可，遂下山，次日渡江还扬州石塔。

【译文】正月初九日，和尚搭船回石塔寺，在龙潭遇大风，阻留了三天。当时有位定水庵的僧人楚玺前来拜见。他是妙峰大师的法孙。妙峰大师当年奉神宗皇帝旨，在宝华山建了一座铜殿。楚玺就前来礼请三昧和尚到宝华山随喜。到了该寺，只见荒草满路，台阶殿基缺损，殿堂里香灯寥落，廊庑空寂人稀，一派破败景象。和尚叹息道："这座丛林还不到五十年，怎么冷落到这种地步！"楚玺回说："因为缺乏有道德的人主持，恳求和尚慈悲中兴这座寺庙，先祖的觉灵也会深深感谢的。”和尚慨然许可，随即下了山，次日渡江返回扬州石塔寺。

礼请住山

江阴十方庵，请二月初八日开戒，香师为羯磨，余于此崇祯十二年始为教授。和尚凭首领委云：凡有求单进板堂，及安外执事，总在教授处，不须问吾老人！余思任重事繁，惟体和尚慈心，不负熏师识举。二月中，华山楚玺等，持南京诸护法书到庵，请和尚住锡华山。因曾允许，故不再辞。即令知宾引彼等巡寮，及进余房，但以目视。余知其意，语云：崇祯七年冬，在山学事，深扰常住。彼等大笑云：适间面熟，疑恐不是。若是师，云何顿临此位？某等有眼不识。遂叙相别数载因缘。彼等次日回山。此期四月初八圆满。

【译文】江阴县十方庵礼请和尚二月初八日开戒，香雪师为羯磨（授戒师）。我到崇祯十二年才开始正式作教授。和尚在各首领前，派委我说："以后凡是有求单进板堂受戒及外面各堂执事的人选决定，全部归总在教授处负责，不须再向我禀告了。"我感到，这一来任重事繁，只得体谅和尚慈心，也才不辜负熏六师的识人和举荐，承担了下来。二月中，宝华山楚玺等几人，带了南京各位护法居士的信函来到十方庵，礼请和尚住锡宝华山（即请和尚常住宝华山）。因为和尚以前曾经许诺，所以不再推辞。和尚当即令知宾师，引领楚玺一行人巡察（到各寮房看望）。等到他们进了我的住房，他们只用眼睛看着我，我就知道他们的意思，就说："崇祯七年冬，我在你们山上学经，深扰常住了。"他们大笑说："刚才见到时，感到面熟，又怕不对，真的是你！怎么一下子当上了这个职位，我们真是有眼不识人啊！"接着谈到了相别以后，这几年的前后经过。他们一行人第二天就回山了。十方庵的传戒期，四月初八日圆满结束。

三昧和尚接宝华山事 师以教授兼任监院并先乞许四事

和尚十五日到华山，晚间方丈集见玄师、支浮师、四弘师、纯然师、独行师、心融师、香雪师、月谷师、达照师，并诸位老阇黎及余。和尚云：今住此山乃常住，非若石塔暂居。汝等众中，必要具道心，有才能，精神强壮，不惜劳苦者，为吾老人作此山监院，余者后定。如是言之，众皆默立。和尚向余云：见月，汝为何不承当？余言：和尚未曾呼名，诸师前故不敢应。和尚云：明明说道心才能，不惜劳苦，非汝而谁？诸阇黎师云：见公当礼拜，莫违慈命。余悦颜奉命，拜白云：某先乞四事允许，方敢承当。一者，三餐粥饭俱随大众，不陪檀越；二者，一切宰官入山，概不迎送；三者，不往俗家吊贺；四者，银钱进出买办不经手。惟尽心料理大众，不怠惰常住之事。和尚云：四事皆如汝愿，但讲律勿辞。余云：监院讲律，事非己任，恐众不服。和尚云：汝今是教授署监院事，非监院行教授事。诸阇黎师云：吾辈中讲律，自然是公，此更当遵。

【译文】和尚十五日到达宝华山。晚上，召集见玄师、支浮师、四弘师、纯然师、独行师、心融师、香雪师、月谷师、达照师及诸位老阇黎和我一起到方丈室议事。和尚说："今天我们住此山是常住，不像石塔寺是暂居。你们诸位当中，必须要一位具备道心、有才能、精力强壮、不惜劳苦的人，为我作此山的监院（总监全寺内外一切事务的僧职），其它两序各执事，以后再定。"大家听了之后，都默然而立。和尚就对我说："见月，你为何不承当？"我说："和尚没有点我的名。在各位师父面前，不敢应声。"和尚说："我明明说道心和才能、不惜劳苦。不是指你是说谁呢！"各位阇黎师说："见公，你应当礼拜谢领，不要再违背和尚慈命了！"

我高兴地奉了此命，礼拜和尚，说："弟子见月先乞求和尚允许我四件事，才敢承当。第一，三餐粥饭，一律随大众吃、不陪外来施主进餐；第二，一切达官贵人来山，概不迎送；三，不去俗家吊丧贺喜；四，银钱进出、买办采购，概不经手。我只尽心料理大众之事，对常住之事，决不怠惰。"和尚说："四件事都随你愿，但讲律之事不要推辞。"我说"监院讲律，这事不属于我的责任范围，恐怕众人不服。"和尚说："你今天是教授师兼管监院职事，并非监院行教授事。"各位阇黎师说："我们当中讲律，自然非你莫属了，这一点你更应遵循和尚慈意。"

成拙到山受戒

五月十八日，和尚六旬大寿，远近上座，暨十方弟子俱云集。九月卄冬期，忽见成拙担衣钵到山。余喜，询问所来。答云：从北遭乱一别，独自南奔天童参禅，后往黄山学等韵，今自彼来。一向寻访师之踪迹，不知下落。余云：因改号见月，故汝不知。聚而复散，散而复聚，乃多生良因，作今日奇会。三载未面者，特候吾为汝作临坛尊证耳。

【译文】五月十八日，和尚六旬大寿。远近各寺庵的上座，和十方弟子云集宝华山。九月开冬期，忽见成拙担着衣钵来到山上，我非常高兴，问他从哪里来，他说："自从在北方遭难分别之后，独自来到南方天童寺参禅，后又往黄山学经等，今天就从黄山来。我一直在寻访师之踪迹，不知下落。"我说："因为我改了名号，叫见月，所以你不知道了。我们聚而又散，散而复聚，真是多生的良因，才能有今日的奇会啊！三年不见面，就是专门等着我为你作临坛尊证哩！"

大权方便

崇祯十三年〖师三十九岁〗，江南大荒。春期四月八日圆戒。内监苏公等入山设斋，常住办面粗黑，和尚呼余诃责，举掌欲打。余云：和尚忘某最初所乞之事？和尚忆知，谓：不干汝事。即往副寺房，痛打达照师。达师到余寮瞋怨，谓不予遮掩。达师是余临坛之尊证，余对成拙言：今且避之为善，同汝天童去。次早未明，将行李付成拙先下后山相待，天明余上龙冈望方丈九拜，至汤水延祥寺宿。行四日到无锡县，宿镇塘庵，有二三弟子相留憩足〖师去华山共四次，是为第一次去华山〗。四月二十日有山中新戒至，见余礼拜流泪。问其何故，彼云：师初九下山，和尚向大众言，师不应将供众银四十两携去。山中大众纷纷议论，某不得不说，此冤枉师，所以流泪。余对彼及成拙言：非和尚加枉，是大慈方便，使余闻不召自回，若不回，则诸方以为实事矣。次日复回华山，顶礼和尚求忏悔。和尚云：汝无罪可忏，是情不得已而去。故将取银之事激汝，使速还耳。和尚命余仍居教授。

【译文】崇祯十三年，江南大旱。春期四月八日圆戒。内监苏公等人，入宝华山设斋供僧。常住（寺里）买来的面粉又粗又黑，和尚把我叫去诃责，举手要打我。我说："和尚忘了最初在下所乞允之事？"和尚想起了，说："这不干你的事！"就去到副寺（副监院）房，痛打达照师。达师来到我的寮房，生气埋怨说我不替他遮掩。达师是我临坛的尊证师。我就对成拙说："现在还是避开最好。我和你一起去天童寺。"第二天早上天未亮，我把行李交给成拙先下后山，在那里等我。

天明我登上龙岗，向方丈室拜了九拜，就下了山，与成拙一道到了汤水延祥寺投宿。走了四天到达无锡县，宿镇塘庵，有二三个弟子挽留休息。四月二十日，从宝华山来了一个新戒弟子，见了我就礼拜流泪。问他什么原因，他说："师父初九下山，和尚向大众说，师父你不该把供养众僧的银钱四十两带走。山中大众议论纷纷。弟子不得不说这是冤枉了师父，所以流泪。"我对他和成拙说："并不是和尚加枉，是他老人家的大慈方便之法，使得我听到后不召自回。若我不回，大众必然以为是实事了。"第二天，我又返回华山，顶礼和尚求忏悔。和尚说："你无罪可忏，是情不得已而去。我故意用私自取银之事来激你，好快点回来。"和尚让我仍然担任教授之职。

扶树戒幢

至冬期新戒百余，已受比丘戒竟，后来北方四人求戒。和尚令香阇黎师为彼授沙弥十戒，师随即为授比丘戒。引礼智闲引彼等到余寮，通白礼拜。余云：律有明制，和尚现在，云何独是一师授彼四人具戒？余非汝等教授，亦无牒录可给。智闲回白香师，师诃责余，谓目无师长，傲慢自专，往白和尚，令侍者召余，评诘其由。余云：香师责某，是以世理而论。某遵佛制，十师不具，独受大戒，是关系法门，某既任教授，应当遮谏。请和尚称量，孰是孰非？和尚向香师云：止止，汝乃一时之错，见月所言实是，改日再请十师临坛，为彼四人授具。和尚异时对诸首领上座云：吾老人戒幢，今得见月，方堪扶树耳。

【译文】到了冬期，有一百余名新求戒者，均已受比丘戒毕，接着从北方又来了四人求比丘戒。和尚令香雪阇黎师为他们授沙弥十戒。香阁黎师给授了沙弥十戒后，随即又为授比丘戒。引礼师智闲把他们带到我的寮房，礼拜并通禀了授戒情况。我说："律中有明文规定，和尚还健在，为什么单独由一师为四人授具足比丘戒？我不是你们的教授师，也不能给你们办理僧录和发放度牒。"智闲回去禀告了香师。香阁黎师诃责我，说我目无师长，傲慢自专，就去向和尚禀白了。和尚令侍者召我去，询问理由评判是非。我说："香师责备在下，是从世俗之礼出发。见月遵奉佛制，不具备十师临坛尊证，一人就授给大戒，这是关系法门兴衰的大事。在下既然担任教授。应当阻止谏正。请和尚斟酌其中之是非！"和尚对香师说："算了，算了！你是一时之错，见月所说的实实在在是正确的。改日再请十师临坛，为他们授具足戒吧！"后来，和尚对各位首领上座说："我老人家的戒幢（即戒律），今天有了见月，才得以扶持树立起来！"

改寺方向躬先劳作

崇祯十四年〖师四十岁〗，松江府超果寺请正月十五起期，新旧大众五百余人。又常熟县福山广福寺，来此期中请和尚开戒，择五月二十八日。松江于五月十五日圆满，令余统执事先往，七月初一圆戒回山。华山乃勅建之处，皆内监督理修造，方向未合，故尔常住不兴。和尚择期改向，惟铜殿不动，余皆移转，工费浩繁。栖霞观音庵，是律祖披剃处，请腊月初八起期。余虽司教授，和尚不时唤回，卸瓦运砖，一一莫不以身先之。

【译文】崇祯十四年，松江府超果寺，恭请和尚正月十五日起期，新旧大众五百多人。又有常熟县福山广福寺，在此传戒期中，请和尚择期定于五月二十八日开戒。松江期于五月十五日圆满。和尚命我率领各位执事先去广福寺。那一期于七月初一日圆戒，然后就返回宝华山。宝华山寺，是皇上敕建，全由内监负责督理修造，寺的方位朝向不合，所以常住不兴旺。和尚命择定日期改变该寺的朝向，只留铜殿不动，其它建筑都得改动，因而费用和工程浩繁。栖霞山观音庵，是古心律祖披剃处，恭请和尚腊月初八日起期，我虽在此期中任教授，和尚不时把我唤回宝华山，卸瓦运砖，件件桩桩我都亲身率先劳作。

去华山

正月初十〖师四十一岁，崇祯十五年也〗，栖霞期毕还山。知宾履中，彼徒作前殿香灯，行非法事。余向香阇黎师及当家达照师言，皆云可恕。余闻心寒，既破根本，犹云可恕，则律法坏灭。莫若退遁黄山，且办己务。故向成拙言之，彼云：事当从缓。余云：受恩深处，本不忍离。今和尚座下，阇黎板首当家，佥是师长，余乃弟子，独一滇人，速退为美。故诣方丈告假住静。和尚令止，且随楚蕲应荆王请。余云：今预启白，行期未定。奈何意已先驰，身不能系，次早与成拙、天一、常清三人，收拾衣钵，同进黄山〖第二次去华山〗。至太平县五里塔茶庵，遇庚石弟子相留。对山是庆云岩，仲德师所居。旁一小岑，松林翠密，众山环拱，彼请住静。遂与成拙删茅开基，构一小团瓢，月余即就。忽思本拟黄山，今何中途栖止？天一见余移徙，仍回华山。成拙被旌德县请去。独常清随侍。十月初十，庚石送到黄山，住文殊院下之贝叶庵。此山土少石多，茎菜俱无，鲜蔬之念顿绝。至腊月尽是银峰玉岭，寒同北塞。有文殊院静主晓宗，是教授弟子，知余在华山冬不围炉，持米炭踏雪而来，跪恳炙火，故尔从之。地虽寒苦，与进道颇宜，出山之念俱忘。

【译文】正月初十日，栖霞观音庵期毕，返还宝华山。知宾师履中，他的徒弟任前殿香灯职，做出了不符合戒律的事。我向香阁黎师及当家达照师反映了，二师都说可以饶恕。我听后感到心寒，他既然破了根本大戒，还说可恕，这样一来，律法坏灭。还不如退下来，遁入黄山，抓紧自己的修持吧。所以就向成拙说起此事，他说："这件事应当从缓计较。"我说："在此身受深恩，本不忍心离开。现在和尚座下各位阇黎、班首、当家，都是我的师长，我是弟子，又是一个云南人，还是速退为美。"我因此就去方丈告假，要求去住山静修。和尚不准，让我跟随他去楚地蕲州，因为那里的荆王曾礼请和尚去传戒。我说："今天是来向和尚预先说明，行期还未定。"无论如何，我的心意早已走了，身子也留不住。第二天早上，我与成拙、天一、常清四人，收拾好衣钵，一同去黄山，走到太平县五里塔茶庵，遇到庚石的弟子相留。该庵对面的山是庆云岩，仲德师住在那里。旁边有一小山，松林翠密，众山环抱，十分清幽。他请我们在那里住下来静修。我就和成拙，割茅草，开地基，搭一个小小的瓢状茅棚，一个多月就完工了。我又忽然想起，当初决心去黄山，今天为什么要在中途留住下来！天一看到我改变了目的地，就仍回华山了。成拙又被旌德县请去，只有常清随侍在我身边。十月初十日，庚石就把我们送到黄山，住在文殊院下属的贝叶庵。这座山土少、石多，连一根菜都不能生长，因此想吃新鲜蔬菜的念头也没有了。到了腊月尽头，极目所见，全是银峰玉岭，寒同塞北。文殊院静主晓宗，是教授师的弟子。知道我在宝华山冬天不围炉烤火，专意背了米和炭，踏雪而来，跪地恳求我烤火取暖，因此我听从了他。这里虽然寒苦，但对修道十分相宜，于是出山的念头，便全部抛掷脑后了。

回山

开春崇祯十六年〖师四十二岁〗，正月十一，华山静主戒生师，是余契交。同弟子智周二人，庚石引至贝叶庵。余见迎问：何缘到此？戒师云：教授师十九日行后，和尚二十六日往楚，今岁正月初二日回山。知某与师交好，亲笔发书，接师还山。余即焚香捧书拜读，悲感深恩，如慈父之不弃逆子。留戒师游山五日，又同往旌德会成拙，于彼静室采茶月余。三月初七日，方到华山。和尚已受扬州府兴教寺请，渡江起期。曾留言在山：见月回，可来期中教授新戒。三月初一起期，见玄上座已为教授，岂复可往，故在山中候和尚归，先令智周渡江复命，代余顶礼。及将授比丘戒，慈命复呼。余故往彼，求忏违背之罪。和尚垂怜喜恕，差之临坛。

【译文】开春崇祯十六年，正月十一日，华山静主戒生师，是我的契心之友，同其弟子智周二人，由庚石带路，来到贝叶庵。一见他们，我迎了上去问："什么原因到这里来？"戒师说："教授师，你走后，和尚二十六日动身去楚地蕲州，今年正月初二回山，知道在下与教授师交情好，他亲笔写了信，要我接师还山。"我马上焚香捧信拜读，悲感深恩，如慈父不弃逆子。我留戒生师游山五天，再一起到旌德县会晤成拙，又在那里的静室采茶，逗留了一个多月。三月初七日才到宝华山。和尚受扬州府兴教寺之请，已经渡江去该寺起期传戒，走时曾留言："见月回，可来期中教授新戒。"三月初一起期，知道玄上座已为该期教授，我不能再去，所以留在宝华山，等候和尚回来，我先派智周渡江去拜见和尚复命，代我向和尚顶礼。到了临近开坛授比丘戒时，和尚又来慈命，叫我去。我到了那里，向和尚忏悔自己违背师命之罪。和尚垂怜，高兴地宽恕了我，并让我临坛作尊证。

代 座

扬州期竟，泰州口岸大寺请开戒，余仍教授。马桥观音庵，去口岸不远，来请起期，和尚亦许。此处期毕移彼。一日和尚赴县中朱宦斋，因皈依求法名者多，和尚将自着衲衣及法名付余，若有礼拜求名者，令着衣当座而予之。恰遇连雨二日，一人罕至，和尚之座未坐，法名未散片纸。和尚归来，雨止人臻，求名复多。和尚笑云：吾座已许汝坐，因缘待有期耳！余闻汗颜拜谢。

【译文】扬州戒期完毕，泰州口岸大寺请和尚传戒，我仍为教授。马桥观音庵离口岸不远，来请起期传戒，和尚也答应了。待口岸期毕，就转移过去。有一天和尚去县里一朱姓的官僚家赴斋。因为当时来见和尚求皈依求法名的人很多，和尚走时把他自己穿的衲衣及取好的法名交给我，有人来求就让我穿上他的衲衣坐在他的法座上，把法名给他们。恰好遇到两天连阴雨，没有一个人来，和尚的法座我也没有坐成，法名也没有发出一个。和尚回来了，雨也停了，来求皈依求法名的人又是人流不断。和尚笑着说：“我的法座已经允许你坐，只是因缘还须等待！”我听了之后，汗颜拜谢。

化 缘

八月初一完期。太平府白苧山请九月初一开戒，十月初八圆戒返山。南京报恩万佛阁请和尚十月初一开戒，至二月初八完期。余即于十二日告假出山募米。句容北门外静室有雪幢师，常熟人，虽未秉戒，与余相契，闻余募米，彼愿助成，不半月间化米三百余石。村村相约，开春正月内，皆自送上山。余回礼白和尚，老人破颜微笑云：似此可谓化缘，无缘不能如是。二月初间，苏州阖郡乡绅，请于北禅寺起期，至四月八日圆戒还山。

【译文】八月初一完期。太平府白苧山请和尚九月一日开戒，十月初八圆戒返回华山。南京报恩万佛阁请和尚十月初一日开戒，至二月初八日完期。我即于十二日告假出山募化米粮。句容县北门外静室，住着雪幢师，常熟人，虽未受戒，与我很投契，听说我来化缘募米，他一力相助，不到半个月，已募化到米三百余石，村村相约定，开春正月之内，各自把米送上山。我回到山上，拜见和尚说明了募化情况，老人破颜微笑说："看来，这真是你的化缘好。无缘之人，办不到的。"二月初，苏州阖郡的乡绅请和尚于北禅寺起期传戒，到四月八日圆戒，还山。

甲申国难

甲申年〖师四十三岁，崇祯十七年也。是年三月李自成陷京师，帝自经殂〗七月十五日，南京文武臣僚，于大报恩寺荐大行皇帝[1]，请和尚主坛开戒。弘光皇帝[2]遣内监乔尚赐紫衣金帛。十月望日，圆戒归山。

【注释】①大行皇帝：指中国封建帝制时代对皇帝死后且谥号未确立之前的称呼。此指崇祯皇帝。②弘光（1644年—1645年），是弘光帝朱由崧的年号。南明首位皇帝。

【译文】甲申年七月十五日，南京文武臣僚，在大报恩寺超荐大行皇帝（刚死的皇帝），请和尚主坛开戒。弘光皇帝旨遣内监乔尚赐给和尚紫衣金帛，十月十五日圆戒归山。

严行佛制

十月中，浙中绍兴府大能仁寺，请十二月十五日开戒。鲁王皈依，恒临听法。乙酉年〖师四十四岁〗即弘光元年，二月初十完期。嘉兴府三塔寺请，渡钱塘江宿昭庆寺，潞王阖府皈依，请和尚登昭庆古戒坛传戒。因先受嘉兴三塔之请，俟彼期毕，再赴昭庆。二月二十八日到三塔，三月初一开期，新戒五百余人，半是天童来者。余严行佛制，莫不兢兢读律，无敢有越堂规。

【译文】十月中旬，浙中绍兴府大能仁寺请和尚十二月十五日开戒，鲁王皈依并常来听法。乙酉年即弘光元年，二月初十完期。嘉兴府三塔寺请，于是渡钱塘江，宿昭庆寺，潞王全府皈依，并请和尚登昭庆寺古戒坛传戒。因和尚在先已受嘉兴三塔寺之请，所以只有等到三塔寺期毕，再来昭庆。二月二十八日到三塔，三月初一日开期，新戒有五百多人，一半是天童寺来求戒者，我严行佛制，新戒莫不兢兢业业读律，没有敢逾越犯堂规的人。

建塔酬恩

一日忽忆黄山住静未久，和尚慈命呼归，意欲建寿塔酬恩，仍果前愿遁山。顶礼和尚，呈白此念。和尚欣允。随即裱一手卷，自书香仪百两于首，后下各堂，开示新戒，随便不拘其数，众闻俱发孝心供养，此期中共化银三百两有零。五月二十日，闻大清兵十八日渡江，南京已归顺。即速圆戒，转回苏州。有昆山县无歇尼，是和尚剃度受戒弟子，闻知接至县中。彼处昙华亭，是和尚祖庭，因恒往来，所以皈依者多。余说建寿塔因缘，无歇自出百两，转化四百有余，共聚九百七十七两五钱。世乱难于托人，自掌苦其系累。

【译文】一天，我忽然想起到黄山住静不久，和尚就慈命把我召回，就想为和尚建造一座寿塔，报答和尚的大恩，然后再实现以前遁山静修的愿望。我就到方丈寮，向和尚顶礼，并呈禀了我的想法。和尚欣然应允。我马上裱好了一个手卷，在手卷开始的地方自己写上我捐香仪百两，然后下列各堂口，向新戒开示说明，各人可随自己方便，数量供养多少，不拘。众人听说后，都一齐发孝心供养。在此期中，共化募得银三百两有余。五月廿日，听说大清兵十八日渡江，南京已归顺。和尚即速圆戒，转回苏州。良山县比丘尼无歇是和尚剃度授戒弟子，得知和尚已抵苏州，便来把他接回县里。此县有座昙华亭，是和尚的祖庭，因为经常往来，所以皈依者多。我向他们说了筹建和尚寿塔因缘，无歇尼自出一百两，辗转化募四百两有余，总共为九百七十七两五钱。世道混乱，难以将此款托人保管，只好我自己掌管，带在身边，其拖累麻烦，可想而知。

三昧病还山

有虎丘甘露庵戒初上座，请和尚于彼歇息。六月初间和尚身染脾泻。上下兵行，水路道阻，不能速归华山。常随之众渐渐星散，惟香师与余，并侍者书记等十四人侧侍。尧峰戒子闻和尚欠安，接彼调养，到已病增，余心甚忧。数日后，香师亦告假去。一日，闻清兵已至木渎镇，去寺不远，本寺大众各自逃隐，请和尚往山顶静室避之。六月初旬闻途间可行，和尚命觅船还山。行至常州，遇兵马阻滞，复转苏州。过三四日稍定，又复买舟至新丰镇。见上流船只漫河而下，问是何故？答言：大兵到镇江，将至丹阳，我等因此逃避，汝船莫去。由是仍返苏州，乱信少平，河下有船来往，方向前进。六月二十六日到华山，大众迎接和尚，礼拜问安。和尚微笑云：到山果然大安，今日与汝等约，三日以后，七日以前，吾岂无悬解乎！大众闻之皆泣。和尚云：生死幻化，实无来往，何以泣为！

【译文】后来，虎丘甘露庵的戒初上座，礼接和尚到庵歇息。六月初旬，和尚身染脾泻，由于来往运兵，水路不通，不能速归宝华山。常随之众，渐渐星散，只有香雪师和我，以及侍者、书记等十四人留在和尚身边侍奉。尧峰寺戒子，听说和尚身体欠安，就接去调养，到了那里以后，病情加重。我心中很担忧。数日以后，香雪师也告假而去。一天，听说清兵已到木渎镇，离尧峰寺不远了，该寺大众都各自逃走，躲起来了。我请和尚到山顶静室避一下风头。到了六月初旬，听说路上可以通行了，和尚命我找船返还宝华山。到了常州，遇到兵马阻滞，我们又返回苏州。过了三四天，局势稍有稳定，又雇了船到达新丰镇，只见上流船只争相漫河而下，问他们为什么？答说："大兵到了镇江府，很快就要到丹阳。我们所以逃避。你们的船不能去！"因此我们又返回苏州。等乱势稍平，见河上有船来往，我们才又前进。六月二十六日到华山，寺中大众迎接和尚，礼拜问安。和尚微笑说："回到山上果然大安。我难道就不会有苦日子到头的时候么！今天与你们说定，三日以后，七日以内。"大众听后都流下了泪水。和尚说："生死幻化，实无来往。为什么要哭呢！"

建塔方位

余即晚间邀诸执事为证，遂将募寿塔手卷展开，请月谷师照名唱数，慧牧师算合分明，共银九百七十七两五钱，交付当家达照师。至夜间忆初改向时，和尚分付达师等，吾塔将来可建大殿之后。余每见诸方丛林，凡正殿后有塔者，皆不能兴。应先请和尚自定其处。次日至方丈，方便白云：和尚已喜允建造寿塔，不知决定建于何处？和尚云：尔等忘了，建在大殿后。余云：曾闻堪舆与和尚论地脉有三转，大转歇一百二十年方兴，中转歇八十年方兴，小转歇四十年方兴。其大殿后是来脉，倘脉转不兴，后人谓塔伤风水，恐有更易。莫若建于龙首之地，以保永远。塔兴则常住兴，常住兴则塔兴。和尚良久乃云：依汝所言，建之龙首。彼时达照师及慧牧上座等侍旁，余云：众师已闻和尚亲言，塔不建后，决定建前。

【译文】我当晚邀请各位执事到场为证，把募化寿塔的手卷打开，请月谷师按手卷上的名字次序报出所捐之钱数，由慧牧师按数算合清楚，共计银九百七十七两五钱，当众交付当家达照师。夜里想起寺庙当初改向时，和尚曾吩咐达照师说："我的骨塔将来可建在殿之后。"我每每看到各地丛林，凡正殿后有塔的，都不兴旺。应该请和尚自定建塔的地方才是。第二天我来到方丈室，绕着弯说："我们喜得和尚应允建造寿塔。不知和尚决定建在什么地方！"和尚说："你们忘了，我说过建在大殿之后。"我说："我曾经听风水先生与和尚论及地脉时，曾说，地脉有三转（循环），大转要歇一百二十年才能转发兴旺，中转歇八十年才转兴旺，小转歇四十年方能兴旺。这座大殿后是来脉，假若地脉转而不兴旺了，后人会说是寿塔伤了风水，恐怕会要搬动更改。不如把塔建在龙首，以保永远。塔兴则常住兴，常住兴则塔兴。"隔了很久，和尚才说："就依你的意见，建在龙首。"当时达照师和慧牧上座等都站在一旁，我说："诸位师长都听到了，和尚亲口说，塔不建在殿后，决定建在前面龙首部位。"

付衣戒本

于闰六月初一日，和尚令侍者取历视之：初四日巳时，吾取涅槃。鸣揵槌集众方丈，向众云：华山法席，见月可继。取紫衣、戒本付余云：吾以此事属累于汝，总持三学，阐发戒光。余跪白云：某腊德最后，请付诸阇黎师，某愿辅化。和尚即面里默卧。余思权顺师意，白云：某奉慈命，今且守之，候和尚万安，缴送方丈。和尚乃转颜语云：吾非今日属汝，一向存念于怀，不必复辞。余遂拜受而起。又语独行师云：汝之德腊俱优，堪为羯磨，轨范后学。语达照师〖达照师人尚平稳，惟胆小识短，不能振作，但较香阇黎师之毫无道心，忘恩负义者，则胜多多矣〗云：汝仍监院，以助见月。至初四日，集众方丈，取水沐浴，谓众云：吾水干即去。汝等莫作去来想，不得孝服涕泣，不可讣闻诸方，凡世俗礼仪，总宜捐却，三日后即葬寺之龙山。遂命大众念佛。水干跏趺，微笑而逝。供肉身于方丈，一切咸遵遗命，惟至诚讽经三日，香花幡幢法众送至龙山，建全身塔。余不忍归室，愿守塔三年，而作洒扫侍者，但以芦片遮顶，风雨无惮，昼夜持诵，用报深恩。未及一月，大众强请入寺，送居方丈。

【译文】当年闰六月初一日，和尚令侍者取历书来，看了之后说："初四巳时，我取涅槃。"立即敲响楗椎（寺中遇重大事件，用以召集僧众的响器）召集大众于方丈室，和尚说："华山法席，见月可以继承。"他拿过紫衣和戒本交付给我，说，"我以此事交嘱烦累于你，总持三学（戒、定、慧），阐发戒光。"我跪地禀告说："在下戒腊和修德都属最后，请付各位阇黎师吧！在下愿协助辅化！"和尚即面向里而卧，沉默不语。我想暂且随顺师意，就说："在下奉和尚慈命，现在暂且看守，等和尚法体万安之后，再缴送方丈。"和尚才和颜说："我不是今天才嘱托你，我心里一向就有此念，不必再辞！"我拜受而起，和尚又对独行师说："你的德行和戒腊都好，应为羯磨（授戒师），可作后来之学者轨范。"对达照师说："你仍作监院，以助见月。"到了初四日，和尚把众人集合在方丈室，取水沐浴洗身，并对众人说："我身上水干就走。你们不要作去来想，不得穿着孝服涕哭，不可向各方发送讣告。凡是世俗礼仪，全部不用。三日以后，即葬寺之龙山。"接着让大家念佛。水干，跏趺微笑而逝。肉身供奉于方丈室，一切都遵照和尚遗命，大家至诚诵经三天，然后法众手持香花幡幢，送和尚至龙山，建了全身塔供奉。我不忍回寮房，愿守塔三年，作洒扫侍者，只用芦席遮顶，风雨无阻，昼夜诵经，以报深恩。还不到一个月，大众强请我回寺，送进方丈室安住。

增上助缘

香阇黎师在苏州，闻和尚涅槃，衣钵付余，意甚不然。自苏州一帆逆流上楚，过龙潭不进华山，达照师手书切谏，方回山礼塔。后在大悲殿刻自集《楞严贯珠》，工匠狼藉殿中，余白师移之厢楼，师云：今在内刻经嫌其不净，将来屋虚单空，尘厚草深，恐无人为伴扫除。余正色云：师慎重其言，龙天常住，先人光明，想不致此，无劳为某远虑。遂回方丈详思，转叹转喜：香师今发此言，余作增上助缘，以坚愿志，撑拄法门！宜速立规条，先革弊端，后依芳轨。

于夜写十约，次日集众，礼请香、达二师白云：某行劣福轻，承和尚嘱累，主此华山，有十事为约，不例诸方，故请诸师作证，告白大众。

一者，每见诸方古刹，各房别爨，自立己业。殿堂寂寥，稀僧焚修，致使丛林日渐颓败。过责先主席者，泛滥剃度，不择道品。今某但愿华山永兴，杜绝房头之患，惟与袈裟法亲同居，誓不披剃一人。

二者，每见丛林攒单养老〖俗称买老堂，或云买寮房〗，年少亦收。恣肆不肯修行，坐享莫知惭愧，传说彼此，挑唆大众。故令檀护讥诮，三门掩彩。此例华山尽革。若果老年修行者，不攒单资，随缘共住。〖《佛藏经》云：当一心行道，随顺法行，勿念衣食所需者。如来白毫相中百千亿分光明，其中一分，供诸一切出家弟子，亦不能尽。《论语》云：君子谋道不谋食。俗人尚如是，况出家之士乎。〗

三者，诸方丛林多安化主，广给募疏。方丈赞美牢笼，执事讯劳趋敬。故令矜功欺众，把持当家，大错因果，退息檀信。今华山不安一化主，不散一缘簿。道粮任其自来，修行决不空腹。

四者，诸方出头长老，一居方丈，即设小厨，收积果品，治造饮食，恣意私餐。若爱者有分，余莫能尝。愧统众之名不均，设斋堂之位慰临。今某三时粥饭随堂，一切果品入库。若檀护进山，宾主之礼难废，此则不为偏众。

五者，诸方堂头莫不分收檀施，香仪即入方丈，斋资乃送库司，此谓共中分二。设若单供香仪，款客出于常住，银钱蓄为已有，累当家七事之忧。不思常住属我，我物尽是常住。今某缘虽未臻，预革于先。凡有香仪，总归常住。若是私用，进出众知。

六者，诸方帖报传戒，或三七，或一月，来则必定攒单，去则普散化疏，借斯贸易，岂真弘法？今华山聚不攒单，散不给疏，淡薄随时，清净传戒。

七者，诸方大刹，各寮私蓄茶果，摆列玩器。岂但聚坐杂谈，空消岁月，抑且论人短长，令众参差。损多益少，信施焉受！故今革除。凡同居大众，若道友顾望，或交识寻访，请至客寮随便相款。一则常住不缺宾礼，次则于己面色生光。

八者，诸方堂头惯行吊贺，贿送檀门。出俗反行俗礼，为僧不惜僧仪，因贪利养，佛制全违。今华山实则远于城邑，又俱依律行持，笃信檀护，自然谅宥。

九者，居山梵刹，不类附郭丛林。柴米不无担运，普务鸣梆齐行。若自安劳他，何名统众？今某出坡不缩于后，诸务必躬其先。有病则不勉强，至老方可歇息。同居大众，开除亦尔。

十者，同界大众，俱遵佛制，皆去饰好，勿着蚕丝，勿类俗服。三衣不离，须染坏色。一钵恒用，瓦铁应持。过午律无开听，增修依教奉行。彼此策进，怠者随勤。

余今以此十事为约，何虑华山不兴！

达师云：余事或可暂更，其化主一事断不可少，今言一出难收，恐后绝粮，悔之不及〖识短之人应有此虑〗。余云：某虽初入方丈，实是无缘。誓不例诸方热闹门庭，愿欲效古人操履模式。香师闻言，昂然而去。达师不悦，叹息而回。

【译文】当时香雪阁黎师在苏州，听说和尚涅槃，而把衣钵传给了我，心中不以为然。就从苏州搭船逆流而上，打算去楚地，经过龙潭都不进华山。达照师亲笔写信恳切相劝，他才回山礼拜和尚灵塔。后来，他请了工匠在大悲殿刊刻他自己集著的《楞严贯珠》，把大悲殿弄得狼藉不堪。我建议香师移到厢楼去刻，香师说："今天在殿里刻经都嫌不干净，将来到了屋虚单空、尘厚草深时，恐怕没有人帮助打扫哩！"我严肃地说："请香师说话注意，这座寺庙，龙天常住，先人光明，想来不会落到那种地步吧！无须烦劳香师为在下的将来焦虑！"说完就回了方丈室，仔细考虑想去，由悲叹转而感到高兴。香师今天说的这番活，应看作是对我的增上助缘（鞭策我上进的助力），坚定我的愿心和意志，撑住法门。应该尽快订立条规，首先革除弊端，再依方轨行持。

我就在当天夜里，拟好了十条规约。第二天，召集大众，并礼请香雪和达照二位师父，禀告说："在下行劣福轻，承蒙和尚嘱累主持此华山。现在订了十件事作为规约，不同于其他各方的道场。所以前来请二位师父作证，向大众宣布。

一、经常见到各处古刹，房头各自开灶，各管自己的事，而殿堂清寂寥落，极少见到刻苦修炼的僧人，以致使丛林日渐颓败。其过失在于先前的主持者，不慎重选择求道人的品性，泛滥剃度。今天，在下愿华山永兴，杜绝房头之患，只袈裟法亲和合同居，誓不披剃一人。

二、经常见到丛林里，常住积攒单资以防养老，连年轻人也如此。就是不肯修行，坐享其成而不知惭愧。搬弄是非，挑唆大众，因而受到施主护法的讥诮，山门失去光彩。这种例子，华山要彻底革除。如果真的是老年修行者，不攒单资，也可以随缘共住。

三、各处丛林多半都设有化主（负责对外结交檀越，为寺庙募化钱物之僧人），广发募化结缘簿。方丈赞美之词不绝，像牢笼一样包围着他，执事们更是讨好趋附，因此使化主渐渐变得居功欺众，把持当家。这样做，大错因果，退息了檀越对出家人的信心。今天华山不安设一个化主，不散发一本结缘簿。道粮任其自来，真修行者决不会空腹。

四、各处丛林的出头长老，一旦尊为方丈，就设小厨，收积果品，自办饮食，恣意私餐。若是受方丈偏爱者，有分享用，其余之人都不能尝。这种对众不均的作法，应自愧于空有统率众人之名。斋堂中虽设有方丈席位，却很少光临。今天在下三时粥饭随堂与大众共餐，一切果品入库。若有檀越和护法进山，宾主之礼不能废弃，这就不算偏众。

五、各方堂头，都分别收受檀越之布施，香仪交方丈室，设斋之资缴司库，这就是所谓的共中分二。若檀越只供香仪，款待客人却要常住负担，信众供养的钱财却被堂头自己私留了下来，这样一来，当家凭空承担了七事之忧（油盐柴米等日用七事）。却没有想到“常住属于我，我的一切财物尽属常住”的道理。今天在下的诸缘虽不圆满，但事先革除这种弊端。凡有香仪，全部归常住所有。若是私自动用，进出应向众人公布。

六、现在各处传戒发帖报，或为三七日，或者一个月，来者都要缴纳单费，离寺时都要发给每人一份化疏（化缘簿）。借用这种手段做交易，就不是真弘法。今后华山对来山求戒者，相聚时均不必缴纳单费，离寺时也不发化缘簿，淡薄随时，清净传戒。

七、各处大刹名寺，各寮私蓄茶果，陈设古玩。不但数人聚坐闲谈聊天，空虚消磨岁月，而且还谈论别人是非长短，使大家心生高下分别之想。这样作，损多益少，如何消受得信众的供养！所以今天全部革除。凡是和合共居之大众，若有道友前来探访，或交识的熟人前来办事，都一律请到客寮，随便款待。这样做，一来不显常住缺乏待客之礼，二来自己脸面也生光辉。

八、各地丛林的堂头，惯常要对俗家喜丧之事表示祝贺和吊唁，送钱送礼以贿赂檀越施主。出了俗家之门，反而行俗家之礼，身为僧人不矜惜僧家之威仪，因为贪图利养，佛制全违。今天，华山之地，本已远离城邑，加之大众都依佛律行持，凡有正信之檀越施主，必然能够理解体谅。

九、地处深山之梵刹，与城邑附近的丛林不同，柴米等物必须担运上山。今后凡有普务（须大家动手的劳务），鸣梆为号，一齐出动劳作。若是自己不动，而命他人劳作，不能名为统众。今后，凡出坡劳动，在下不缩于后，各种劳务必先躬身而行。有病则不勉强，年老方可歇息。同居大众，均依此行。

十、同界大众，必须遵守佛制，去掉所有装饰爱好之物，不穿丝绸，衣着不得像俗家打扮。三衣不离，须染成坏色，一钵恒用，瓦铁应持。过午之食，律无开听；均须依教奉行，互相策励，懈怠者自会变得勤谨。

我今天以此十件事定为大众的规约，华山何愁不兴旺。”

达照师说：“其它各条，或者可以按此更改，关于其中化主一事，断断不可少。今天如果把这话公开出去，恐怕以后会断了粮食来路，到时后悔不及！”我说：“在下虽然初任方丈，实在也是无缘。我立誓绝不仿效各方丛林那样热闹，门庭若市，决愿效法古人的操履模式。”香师听了之后，一言不发，昂然而去。达师也不高兴，叹息着回了寮房。

禁止私爨

先和尚在日，有三太监皈依。孙太监号顿悟，刘太监号顿修，张太监号顿证。豫王渡江，逃进山中。先和尚未回，是达师悬像披剃。及至先和尚还山，彼等各住一房。于九月三十日，刘顿修私与香、达二师等议，欲自房起爨，俱已允之。十月初一日，请余至房吃茶，诸师先已在座，顿修向余叙说起爨，谓香师等俱允，今对新方丈说之。余云：某既是方丈，何不同论，私先允已，后乃令知？今有三事奉告：一者，先和尚在日，凡诸方请期，若有私灶鼎铛之类，必令先毁，同一大厨，后乃赴请，不毁则不赴。今涅槃未满四月，谁敢于本常住别房私爨！此欺先人，断不可为。次者，必要起爨，待余死后，或可任为。三者，余有因缘别去，不居华山方丈，亦可随诸师主持，若某住此山，岂忍颓废此山！言毕拂袖出房。香、达二师无语，顿修愧颜失望。藉此因缘以为兴律之端。

【译文】先和尚在世时，有三个皈依太监，孙太监号顿悟，刘太监号顿修，张太监号顿证。豫王渡江时，三人逃进山来求出家。先和尚当时在外未回，是达照师把和尚像挂在中堂，为他们三人披剃了。及至和尚回山时，他们三人已各住一僧房。九月三十日，刘顿修私自与香雪师和达照师商议，想在自己房里起火开小灶，二师都答应了，十月初一日，把我请到他房里吃茶，二位师父先已在座。顿修对我述说了想起小灶的事，并说香达二师都已答应，现在把这事向新方丈说一下。我说："在下既然是方丈，为什么不一同商量，而是私下先已说妥，事后再让我知道。今天有三件事奉告：一、先和尚在世时，凡诸方请和尚起期传戒，如果有私设小灶锅碗之类，必令先毁，大家同一大厨，然后才应请赴期，假若不毁，就不去。今天和尚涅槃不满四个月，谁敢在本常住另开私人小灶，这是欺诳先师，断不可为。二、若一定要开小灶，等我死后，或者可以任凭乱为。三、我因为其它因缘而离开这里，不当华山方丈，那就可以随各位师父作主。若在下住此山，怎肯让此山颓败废弛！"说完，我拂袖出房。香、达二师无语，顿修脸红失望。我就以此因缘，作为振兴戒律之开端。

依制严持

一日集大众于殿，请香、达二师。余拜已，对众白云：某一往随侍先和尚，是同诸师共为辅化，凡所行事，无不密先启白。意欲更改之。曾承慈训云：自律祖至吾，因律法中兴，俱从方便，汝既志在毗尼，俟汝异日依制躬行。今某独荷，主持在己，焉有知律而不行律者！今日告白之后，是制必遵，是法必行。三日后，达照师辞当家，顿悟发心监院，香师往常州天宁寺讲经，诸同戒皆散〖诸同戒者为海潮庵同戒十二人，即是已请改法名常侍三昧老和尚者，可见当时诸事多方便〗，旧执事等十去八九。一不能如律躬行，二不能同众淡薄，三不能出坡任劳，余亦不留。惟百余同志，皆奋发协助，愿共持戒。

【译文】一天，我召集大众在大雄宝殿，并请来香雪和达照二师，我礼拜毕，对大众说："在下以往随侍在先和尚座下，是和各位师长共同辅佐和尚做化导之事。凡是一切事，都事先慎重向师长们禀白。现在想改变一下。我曾亲听和尚慈训，说：”自律祖开始到我，为了中兴律法、一切都从方便善巧出发。你既然志在弘扬毗尼，等以后你再依遵律制躬身而行。“今天，在下一人承担主持，责任在我，绝对不能知律而不按律行事。今日向大众说明之后，是制必遵，是法必行。”三日后，达照师辞去了当家之职；顿悟发心担当监院；香雪师去了常州天宁寺讲经；各位同戒者皆各奔前程；旧任各堂执事也十去八九。凡是一不能如律躬行，二不能同众守清苦乐淡薄，三不能出坡任劳的人，我也不挽留。留下来的有一百多位同志，都发愤相协相助，共愿持戒。

唱方结界　三人一坛

十月中，有求戒者三十余人，盐城县龙沙为首。先依律唱方结界，后三人一坛受具。达照师及诸眷属当面无言，退论纷纷不已。谓受先和尚付嘱，大更受戒遗轨，结界唱方，从来稀见，三人一坛，目未曾睹，以不孝罪加之。由未谙律，故出此言，余闻若不闻。一日达师闲步至方丈，缓缓劝云：藏中律部，若暇时请阅，以消白日何如？遂阅律已，知余所行有据，私反赞服，前诽尽止。

【译文】十月中，有求戒者三十多人，以盐城县龙沙为首。我先依律唱方结界，然后每三人一坛受具足比丘戒。达照师及各道友当面没有说什么，下来以后议论纷纷，说我受先和尚咐嘱，现在大改受戒遗仪轨，结界唱方，从来少有，三人一坛，未曾见过，就指责我不孝之罪。由于他们不谙熟戒律，所以才这样说。我听到后权当没有听见。一天达照师闲步来到方丈室，我慢慢劝他说："藏中的律部，你若有空闲时间请回去阅读一下，也可以消磨时间，你看如何？"他就把律藏阅读了一遍，才知道我所做的是有根据的，私下里反过来对我表示赞叹佩服。以前的诸多议论就全部不禁而止了。

买田解冤

刘顿修为太监时，付银四百两予孙顿悟，买近常住田，作养老计。顿悟存心不实，以贵价买薄田，亩数不足，钱粮多赔。顿修恨极，备斧藏身，誓欲斫死顿悟。恶事将成，大众惊怖。达师向余言之，余云：祸起萧墙，常住即坏。幸而修塔银有余，与彼二人解怨，买为供塔香火。彼亦减价百两，常住乃宁。

【译文】刘顿修当太监时，曾经交给孙顿悟四百两银子，让他去常住附近购置一些田产，以便养老。顿悟存心不实，以贵价买了薄田，而且亩数不足，所收的租粮多有赔欠。刘顿修因此恨极，身藏利斧，发誓要砍死孙顿悟。眼看要发生恶性事故，大家都感惊慌恐怖。达照师把事情告诉了我，我说一旦祸起萧墙，就败坏了常住。幸好修塔银两尚有余数，就用来为他两人解怨，就买下这块田，作为以后保障供塔用香火的田产，顿修也把价减一百两，于是常住才安宁下来。

放马激变

顺治三年春〖师四十五岁〗，旗兵放马吃麦，乡民无知，将马收去。将军巴公令兵作叛逆擒之，死者大半，妻子田产一应入官。余逃者有家难归，各散四野，忽有为首者出，纠聚成群，假名借饷起义，实是侵害善良。达照师怕怖，领诸眷属下山。

【译文】顺治三年春（公元1646年），旗兵放马，吃了百姓的麦子。乡民无知，把马没收了。将军巴公下令兵士把乡民抓去，作叛逆论处，大半被杀，妻子田产一律没收入官。漏网的人弃家外逃，有家难归，各散四野，忽然有人出来领头，把逃跑在外的人招聚成群，借口借饷起义，实在是侵害善良百姓，达照师害怕，就带领他的法眷下了华山。

安居严净

四月初旬，余思土贼虽乱，安居自恣，弛废已久，今初坐方丈，白众行律，既逢夏际，岂仍置之不行，故于四月十六日作前安居。比丘一百六十有零，沙弥八人，共一百七十三人，严遵律制，功倍寻常。

【译文】四月初旬，我想，外面土贼尽管作乱，寺内安居自恣（又名结夏）的律制则废弛已久，没有实行过。今天我初当方丈，就向众人说明修道须按律而行，现在既然适逢夏季来到，就不能再把安居自恣之制搁延。所以于四月十六日作前安居。比丘一百六十多，沙弥八人，共一百七十三人，个个都严遵律规努力用功，倍于平常。

摄寇弭患

至五月二十，天未明时，土贼首张秀峰领百余人在外，山门一开，彼等拥进。向余言：此寺楼房颇多，厨灶甚大，借住几日。余云：房灶果尔堪用，但有二事不便。一者，汝等取饷不予，必要捉人吊拷苦索。众僧观之，云何下手？次则僧家与汝同锅吃饭，官若察知，罪实难逃。闻妙峰大师初建此寺，皆是附近村乡欢喜施工，搬运铜殿并木石等，其中亦有众位父祖功德，今若毁坏，是毁坏自己福田。住处甚多，何不别去？如是再四却之。乃云：且依师言，我等在外。不意房僧克修，有兄在内，亦是贼首，彼私频往相看。及问土贼行止之信，一言不吐。大众忧愁，彼无忌惮。余白众云：每人取薪一束，将克修焚之，以绝大患，保护常住。彼闻魂落闭房，其师继贤涕泣跪求，愿遂余教，恳免焚烧。遂呼克修至，与言：明午常住设斋，请为首者十人，不得多进，若依此则免。若人多进寺，及不来赴请，仍复治之。晚间集众议云：明午土贼为首者至，内外诸人左右两列，老者次后，少者向前，勿生惊怖，都莫作声。余不言去则立，若言去俱退。惟留二十人，每席二人照应。到午依约而至，坐毕，大众两列。余云：众位今日举此事，因妻子眷属被掳，家产田地入官，又是明朝子民，岂能甘心枉受，皆是不得已而为之。彼等闻言，人人泪下，谓师尽知。余即欠身，以手击桌云：今请众位赴斋，因铜殿勅建，《龙藏》钦颁，众僧不能安乐焚修，岂忍废其千年常住！此时亦是不得已而为之。彼见余如是，都皆失色，连声应云：晓得晓得，知众僧之中有文武兼全者，师且不必动念，明早即便起营。余复以软语安慰。彼别出寺，果于五更时起营。余防天明官兵即至，急令众管事各执灯笼，处处巡看。若有烧爨余残柴炭，尽皆扫除，用树叶盖覆。有禽畜毛骨，细细拾取，投之深涧。天色将明，镇江都统马公带兵到山，乘马直入寺内，云：查得土贼在此住有八日，为何容留不报？余云：既住日多，岂无烧爨柴炭，屠杀毛羽，食啖残骨？请差人四看则知。差兵四看，回云：果无形迹。施银五两别去。由此乱信传播诸方，檀越绝行，每日薄粥三餐，数朝油盐不继。土贼不时往来，同住大众心神不安。余白众云：今始安居，切莫怖退，岂无善神冥护！凡有兵马及土贼到山，余自向前应答，不劳众人回之。众闻心定，仍复精修。

【译文】到了五月廿日，天还未亮时，土贼首领张秀峰，领着一百多人来在山门外。山门一开，他们蜂拥而进，对我说：“这座寺庙楼房很多，厨灶也大，我们借住几天。”我说：“房灶倒是可用，但有两件事不大方便。一来，你们向人家索取饷银，如果不给，必然要捉人来吊打拷问追索。我们和尚在旁边看到，双方都会尴尬。二来，我们僧人与你们同锅吃饭，若被官府察知，我们的罪灾难逃，听说妙峰大师当初修建此寺时，都是附近村乡的父老乡亲欢喜踊跃，施工役劳，搬运铜殿的砖瓦木石等，其中也有诸位父祖的功德，今天如果毁坏，就是毁坏了自家的福田。住处很多，可以到别处去找！”就这样我再四推却，他才说：“就听师父所说，我们就住寺外。”没想到，房僧克修，有个哥哥亦是贼首，正好是那一伙的，克修私下经常出寺去看望。当我问他土贼的动静，他一言不吐。大众都感到忧心忡忡，他却毫不在乎。我对大众说：“你们每人拿把柴来，把克修烧死，以绝大患，保护常住。”他一听，吓得魂飞魄散，紧闭了自己的房门不出。他的师父继贤哭泣着跪在地上乞求我，愿意听我的教训，恳求免于烧死他。他立即把克修叫来，我对他说：“明天中午，常住设斋，请为首的十个人，不准多来一个。若能依此，就免你死，如果进寺人多了，或者不来，还得焚烧。”晚上，我把大家召集在一起，商量说：“明天中午，贼首来时，寺里众人左右两列排好队，年轻的在前面，年老的在后，都不要怕，不要说话。我不说‘去’，你们都站着不动，我若说‘去’，大家都一齐退下。只留二十个人，每一席位二人照应。”到了中午，他们依约都来了，坐好以后，僧众排了两列。我说：“诸位今日举事，是因妻子眷属被掳，家产田地入官，大家又都是明朝子民，当然不能苦心枉受，都是不得已而为之。”他们听了，人人落泪，说：“师父你是明白人，一切都知道。”我就欠身，用手把桌子一拍，说：“今天请大家来吃斋，因为这铜殿是敕建，《龙藏》是钦颁。僧众不能安心苦修，难道忍心把这座千年常住毁废吗！这也是不得已而为之！”他们看到我这样说，也都吓得变了脸色，连声应道：“晓得，晓得！我们知道众僧人中有文武兼全的人。请师父不要生气，明天一早，我们就起营到别处去。”我又以软语加以安慰，他们告别出了寺门。果然五更时起营迁走了。为了防止天明官兵突然来到，我急忙下令让各位管事，打着灯笼，各处仔细巡视，如果有烧火做饭留下的灰烬，全部扫除干净，用树叶覆盖好，如有禽畜的毛骨，细细收拾起来，扔到深涧里去。

天快亮时，镇江都统马公带兵来到山上，骑着马直入寺内，说：“查明得知，土贼在这里住了八天。你们为什么容留他们而不报官？”我说：“既然他们在此住了多日，就会有烧火做饭的灰烬留下，屠杀禽畜，吃剩的毛羽残骨留下，请派人四处细看，就知道了。”差人去看了后，回禀说果然没有任何形迹，他施给了五两银子，就走了。从此以后，有关官兵来过寺庙的消息传播了出去，施主善信都绝了踪迹，不敢来山。我们每天稀粥三餐，几天没有油盐。土贼不时来往，同住的僧众心神不安。

我对众僧说：“今天开始安居，千万不要害怕而退缩，总会有善神冥冥中护佑我们！凡是有官家兵马或土贼来到寺里，我一人出面向前应答，不用烦劳你们大众去交涉。”大家听了，心神安定下来，又精勤修行了。

毁屋自恣

六月初，土贼大起，咸上华山。有在上园静室住者，有在龙窝静室住者，有在黄花洞静室住者，有在炼性岩静室住者，有在桥亭住者，有在厨后静室住者，如此六处，皆是常住界内。彼等或有具柬相拜借物，或倚贼势著人索取，余独向前方便却之。彼等若闻兵来，先即四散，若知兵去，复聚合之。余揣必有大害，遂领众将诸静室尽皆拆毁不存。

七月十五日自恣于方丈中。时愿云公为西堂，遂作安居解制诗云：安居岁事久沉埋，我佛严规负冷灰。白首僧流无一腊，宝华律社喜重开。受筹恰应南参数，坐草犹存西国裁。自恣已圆佳话在，波离绝学吼如雷。是也。

【译文】六月初，土贼大批蜂拥而起，都上了华山，有的住在上园静室，有的住在龙窝静室，有的住在黄花洞静室，有的住在炼性岩静室，有的住在桥亭，有的住进了厨房后面的静室。这六处都属于常住界内所管。他们有的写了条子以礼借用常住物品，有的倚仗贼势，叫人前来索取，我独自一人向前灵活善巧应对，拒绝了。这些人，一听说官兵来了，就提前逃散，如果知道官兵走了，就又聚合起来。我揣摩着，这样下去必然招来大祸。就马上让僧众动手，把各处静室全部拆毁不留。

七月十五日，我在方丈室中自恣（即忏悔），当时愿云公为本常住西堂，他作了一首解制诗（佛制，夏天安居住静到七月十五日结束，叫解制）："安居岁事久沉埋，我佛严规负冷灰。白首僧流无一腊，宝华律社喜重开。受筹恰应南参数，坐草犹存西国裁。自恣已圆佳话在，波离（优波离，佛陀十大弟子之一，誉为持戒第一）绝学吼如雷。"

一饭败坏常住

八月初稍静，以常住事托监院顿悟照管，余在方丈楼礼佛。至十二日开窗看外，见一中年人，上著旧青衣，下露大红色，廊下往来四顾。余即下楼对顿悟言：此是兵装俗汉，到寺观探，切不可留。顿悟私语巡照：此是患难中人，留过中秋，何处不行慈悲！余知，呼巡照诃责，彼人仰面视之。少顷百余土贼，各持竹竿作战器，竖立房檐，顿悟见已自怖。因是太监素有富名，畏其索饷，假作好情，煮饭留吃，邀买其心。余知下楼，土贼俱坐斋堂，碗箸已设，似不能止。向顿悟言：大众一百余人性命，并千年常住，尽在汝这一餐饭坏了。后来有事是汝，与我无干。彼露红衣者，微笑而去。将军巴公、廒公，同操江陈公〖操江，明官名，领江防事。别传作中丞，即巡抚也〗，领兵出城，剿洗土贼，扎营东谢山顶。乃知笑者果是兵来探听。

【译文】八月初，局势稍静。我把常住的事托监院顿悟照管，一人在方丈楼内礼佛。到十二日，开窗外望，见一中年人，上穿旧青衣，下露大红色，在廊下走来走去，四处察看。我马上下楼对顿悟说："这人是官兵，装成俗人，到寺里来打探情况的，千万不能留住。"顿悟却私下对巡照说："这是身处患难中的人，留他过了中秋吧！哪里不可以行行慈悲呢！"我知道后，把巡照叫来，诃责了一顿，那个人抬起头来看着我。一会儿，有一百多名土贼个个手持竹竿作兵器，团团围站在房廊檐下。顿悟一见，十分恐惧，因为他是太监，都知道他很有钱，怕他们向他索取饷银，就假作热情，煮饭款待，想笼络他们。我知道后，立即下楼，土贼们都已坐在斋堂里，碗筷都已摆好，看来不能阻止了。我就向顿悟说："寺中大众一百多人的性命，和这座千年古刹，就要毁在你这一餐饭上了。以后如果出什么事，责任全在你，与我无干。"那个露红衣的人，微笑而去，原来是官军巴将军、廒公、和操江（官名）陈公，领兵出城，剿洗土贼，营寨就扎在东谢山顶。这时大家才知道，那个微笑离去的人，果然是官兵派来的探子。

清兵围寺

十三日中夜，清兵百骑上山围寺。大众慌乱，无路可逃。天色明时，余向顿悟言：我是方丈，汝乃当家，此时有事，同要承当。若兵进寺，常住尽空，连累大众。遂开门至铜殿台。领兵官问云：汝二人是谁？余答是方丈与当家。官喜先自投见，共到山门同坐。问寺内有多少僧，余答老少共住有九十四人。官言：尽唤出来，若不出者，即系土贼。外有木瓦作人及雕匠在寺，顿悟一时呼出。兵中密锁一土贼认人，彼被锁者，经一昼夜，魂散心惛，口不能言，惟乱点头。由是出一匠人，彼头一点。将十六人屈为土贼，绳系其颈，背缚而去。又余六人以绳系颈同至营中。官见如许俗人，恐有余隐。二官领四兵，令一兵把门，呼余与顿悟同进。其寮房有锁者，以指破窗窥之。余决彼疑，即抒手扭锁，开门示之。案上皆是经书，惟敷床榻而已，连开二三房亦尔，信无欺妄。仍有未开之房，官令莫坏其锁。兵官出门坐已，对余云：有人报汝寺中隐藏土贼，大老爷令我等捉解到营，老少一个不放。即令一兵乘骑押一僧后走。官自押余前行。余思寺内无人，兵亦无主，若众兵拥进，则常住一物不存。因向官言：领兵者，出则先行统众，回则在后镇之。我是僧首，汝是兵官，应令兵押众僧前行，尔我在后，则僧亦不少，兵亦不乱。兵官笑云：依汝所说。

【译文】十三日半夜，清兵一百多骑兵上山来把千华寺团团围住。大众慌乱，无路可逃。天明时，我对顿悟说："我是方丈，你是当家。现在有事，我们要共同承当。如果清兵进了寺庙，常住就会被掳一空，还要连累大众。"我们开了门来到铜殿台前，领兵官问："你们二人是谁？"我答："方丈和当家。"军官很高兴我们亲自来投见，就一起来到山门同坐。他问寺内有多少僧人，我答说："老少共住有九十四人。"官说："把他们都叫出来，若不出来的，就是土贼。"另外还有在寺内做活的木瓦匠和雕塑匠，顿悟都一起把他们叫了出来。兵士中捆绑着一个土贼，让他指认。他被锁一昼夜，魂散心昏，口不能言，只是乱点头。因此，走出一个匠人，他头一点。这样一来，把十六个人屈诬为土贼，马上就被绳勒住颈部反捆而去。还剩下六人，也用绳索套在颈上，一起押去兵营。官老爷见到这样的俗人，担心还有隐藏起来的，就派了两个军官领着四个兵丁，命一个兵把住大门，叫我与顿悟一起走进庙里。凡是寮房上了锁的，他们都用指头戳破窗纸，向里窥视。为了不让他们生疑，我就伸手把锁扭断，打开门，让他们看。见到案上全是经书，只有床榻而已。接连开了两三间房，都是如此，他们才相信，没有欺妄。还有些上锁的房间，军官就不让把锁弄坏了。军官出了山门坐下，对我说："有人报告你们寺中隐藏土贼。大老爷下令我们来捉，押解到兵营，老少一个不放过。"当即下令一兵骑着马押一僧走在后面，那个官自己押着我走在前面。我想，寺内无人，兵也无主，若那些走在后面的兵拥进寺去，那么常住便会被抢得一物不剩。因此我就对那个官说："带兵的官，出阵都走在前面统率众人；回来时则在后面以镇后。我是僧人首领，你是众兵之官，应该命令兵士押众僧前行，你我在后，这样僧也少不了，兵也不会乱。"军官笑着说："就照你说的办！"

平日修行此时得力

行二十里到东谢山顶，进大营，见无数土贼，裸形捆绑。千余乡民，啼哭叫天。一兵执旗引余等蹲坐一处，将被冤十六人解上，少时复解下，在余等背后。兵言：众长老俱要实说，若不实说，同此十六人一例诛之。言毕但闻响声，十六人尽杀，余六人获免其死，戮者血溅僧衣。余谓众云：汝等切莫慌张，人人一心念佛。若是多生定业，今日必要酬偿。若不在此劫数，自然解脱。平日修行，正在此时得力。众皆依之，喃喃念佛。

【译文】走了二十里，到东谢山顶，进了大营，看见无数土贼，光着身子捆在那里，有千余名乡民喊天哭地。有一个士兵手拿一面旗，引着我们蹲坐在一处，又把被冤的十六个人押解上去，过了一会，又押了下去。在我们背后，听到一个士兵说："各位长老都要说老实话。若不说实话，就像这十六个人一样，杀头！"说完，只听见响声，十六个人全部被杀，其余六人获免其死。被杀人的血，溅染了我们的僧衣。我对众人说："你们千万不要慌张，人人一心念佛。若是多生以来的定业，今天必要酬偿。若不在此劫数，自然解脱。平日修行，正在这个时候才能得力。”众人都喃喃念佛。

临难不失僧仪

陈县尹下来，单呼顿悟上去，拷审受苦，供余是方丈，差兵来唤。因思生死如沤泡起灭，临难不可失其僧仪，缓步直上。左右兵众刀皆出鞘，齐喊令跪。余正色云：身着如来袈裟，佛制不听拜俗，岂跪求其生，故违于律！遂合掌鞠躬旁立。巴将军指余笑，自摩其顶，竖一拇指，向廒将军、陈操江二公说满洲话。通事对余翻云：巴老爷说你顶与老爷顶同〖师身长大，顶有肉髻，声如巨钟。巴将军自摩其顶者，应亦顶有肉髻也。明时惟九卿及外任司道以上称老爷，至清时改称大人〗，是好和尚，不要你跪。操江陈公云：土贼久住华山，为何不星夜来报，擅自容隐？余云：华山虽高，顶有过路。若土贼上前山过后山，前面人见，谓住华山。若土贼上后山过前山，后面人见，谓住华山。若来报时无贼可擒，罪反在己，非是容隐不报。今华山在目前，请大老爷观看。操江公回首仰望，果有过山大路，谓云：此且不究。又问：孙太监是明朝内官，私养土贼，心怀叛逆，汝必知情。余云：孙太监是崇祯十七年来山出家，今作监院未及半载，但知他舍官修行，其存心好歹，此是密事，某何能知？操江公云：果然此是密事，谅汝不知，下去。余复如前缓步而下。

【译文】陈县尹下来，单把顿悟叫了上去，拷审受苦。他供说我是方丈。就差兵来叫我，我想生死如水上沤泡生灭，临难不能失去僧人威仪，就缓步直上。左右列兵手执出鞘之刀，一齐吓喊，叫我跪下。我正色说：“身着如来袈裟，佛制不听拜俗，岂能跪地求生，而故意违律！”我合掌躬身一问讯，便立在旁边。巴将军指着我笑了起来，自己摩着脑门，伸出一个姆指，向廒将军、陈操江二人用满州话说了一通。通事（翻译）对我翻译说：“巴老爷说，你的头顶与老爷头顶相同，是好和尚，不要你跪。”陈操江问我：“土贼久住华山，为何不星夜来报，而擅自容隐？”我说：“华山虽高，顶上有一条来往行人的大路，如果土贼上前山而往后山去，前面的人见，就说是住在华山了。若土贼从后山过往去前山，后面人见了就说住在华山了。我若来报了，又无贼可擒，罪反在我，并非我容隐不报。华山就在眼前，请大老爷亲自观看。”操江公回首仰望，果然有一条过山大路。就说：“这件事就不追究了。现在问你，孙太监是明朝内官，私养土贼，心怀叛逆，你一定知情。”我说：“孙太监是崇祯十七年来山出家。现在作监院不到半年，我只知他舍官修行，他的存心好坏，这是密事，我怎么能知道呢！”操江公说：“这确是密事，想来你也不知道。下去！”我仍然像之前一样缓步而下。

直人不说虚话

上面又拷打顿悟予土贼饭吃。彼攀克修，两人不认，即夹克修鞭扑。彼忍痛不过，又供余是方丈，为一寺之主。复来唤问，余谓众云：此去恐不能再回，各人正念，莫因余惊惧。遂如前仪而上，合掌鞠躬立之。操江公云：汝寺中十二日予土贼冬瓜饭吃，吾已有人在寺探听，何得隐瞒？余见克修夹棍在足，顿悟绑跪于旁，即诃骂彼两人云：明明十二日有百余人来寺，实是吃冬瓜饭，为何不认？有劳三位大老爷再三审问，自己受此极苦。操江公笑云：汝真是好人，向我直说。余云：老爷是问历年以来吃饭，是单问昨十二日吃饭？操江公言：云何历年吃饭？余云：周围百余里村乡总名华山，寺中僧众多，每岁夏秋收割时，必去各村募化谷麦，所以村村皆是施主。凡到寺来，不论人之多寡，俱要茶饭款留。若不款留，下年则无谷麦。自有铜殿至今，年年如是，何止今年八月十二日一餐。彼来寺中又无弓箭兵器，知谁是土贼、谁不是土贼？

操江公对巴、廒二公说满洲话已，通事向余翻云：三位大老爷说你是直人，不说虚话，不究吃饭了，你下去罢。

【译文】上面又拷打审问顿悟给土贼饭吃的事，他又把克修牵扯出来，两人互相推诿不认，克修也双脚被夹受刑鞭挞，他忍痛不过，又供说我是方丈，一寺之主。又来叫我，我对僧众说：“这一去，恐怕不能再回，你们大家端正心念，不要因为我的事而惊怕。”就像前次一样，从容而上，合掌鞠躬，站在那里。操江公说：“你寺中十二日给土贼冬瓜饭吃，我已有人在寺里探听清楚，为什么要隐瞒？”我见克修双足被夹棍挟住，顿悟被捆跪在旁边，就诃骂他俩，说：“明明十二日有百余人来寺，确实吃了冬瓜饭，为什么不承认？有劳三位大老爷再三审问，自己也受这种大苦。”操江公笑着说：“你真是好人，就向我直截了当说吧！”

我说：“老爷是问历年以来吃饭，还是单问昨天十二日吃饭的事？”操江公说：“历年吃饭是怎么一回事？”我说：“周围百余里的村乡，总名华山。寺中僧众多，每年夏秋二次收割季节，必然要去各村募化谷子麦子，所以村村都是施主。他们到寺里来，无论人数多少，我们都要茶饭款待。如果不加招待，下年就募化不到粮食。自从建了铜殿至今，年年都是这样，何止今年八月十二日那一顿饭，他们到寺里来，又没有带着弓箭兵器，怎么能知道谁是土贼，谁不是土贼。”操江公对巴、廒二公，用满州话说了一遍，通事对我翻译说：“三位大老爷说你是直爽人，不说虚假话，不追究吃饭的事了，你下去吧！”

行不乱步，面不变色

上面又审问顿悟常住所有之物，彼怕受刑，将田地山场一切尽报入官，言：银库房是佛辉管，问彼方知。又来将佛辉唤去审问，彼答库房止有银三十六两，钱八九千。官皆不信，大怒，捆打佛辉。彼不能答，谓方丈知之。县尹下来唤余，巴、廒二公见余往来数次，行不乱步，面不变色，向通事说。通事语余云：大老爷叫你坐说莫怕。陈操江公云：华山寺大僧多，日费不少，何故虚报止有银三十六两？余云：库头怖畏，说不明白。复问余云：实有若干？余言：我本师三昧和尚，因缘最大，王侯宰官皈依者广，银两极多。为人解脱，不蓄分文，处处修寺造佛。末年又改造华山，银钱用尽。去年闰六月过世，我等弟子薄福无缘，钱粮稀少，僧众又多，常住缺用，有青马一匹卖予南京织造府车公，得价银五十八两，昨八九日用出二十二两，今故止存三十六两。大老爷若不信，可差人去问车公，则知虚实。巴、廒、陈三公自相说已，又皆点头。通事向余言：三位老爷说你不虚，不去问车公了。遂解佛辉绑绳。又唤玄文、继玄上去，操江公言：访得你两人同克修，是本地人出家，乃华山房头，可绑起。操江公对余云：此四人事，与你无干，下去。余不敢回首再视，复往下，同众共坐。

【译文】上面又审问顿悟有关常住所拥的财物。他怕受刑，就把田产山场等等一切，都报告了官。又说银钱和库房是佛辉所管，问他才能知道。于是又来人把佛辉叫去审问。他答说库房只有银三十六两，钱八九千。几位官都不信，大怒，捆打佛辉，他不能答，就说方丈知道。县尹（县长）下来叫我，巴、廒二公见我往来多次，步态不乱，面不改色，就对通事（翻译）说了几句活，通事对我说：“大老爷叫你坐下说，莫怕！”陈操江公说：“华山寺大僧多，日用不少。为什么虚报只有银三十六两？”我说：“库头害怕，说不清楚。”他又问我：“实际有多少？”我说：“我的本师三昧和尚，因缘广大，王侯宰官皈依的人很多，银两极多。他老人家为人洒脱、不蓄分文，处处修寺造佛。最后一年又改建华山，银钱用尽。去年闰六月过世。我们这些作弟子的，福薄无缘，钱粮稀少，僧众又多，常住缺用。寺上曾有青马一匹，卖给了南京织造府的车公，得价银五十八两。昨八九日，用去二十二两，现在所以只剩三十六两。大老爷若不信，可差人去问车公，就知虚实了！”巴、廒、陈三公相互之间说了一阵，又都点头。通事对我说：“三位老爷说你没有说假话，就不去问车公了。”接着就把佛辉的捆绳松了。又把玄文和继玄叫了上来。操江公说：“我了解到，你们两人和克修，是本地人出家，是华山房头，绑起来！”操江公对我说：“这四个人的事，与你无干。你下去！”我不敢回头再看，就走下来，与众僧人坐在一起。

黑旗改绿旗

至正午时，日色蒸烈，无树可荫，大众久坐且饥，人人汗淋难耐。倏尔乌云覆顶，犹张伞盖，四边仍舒日光。天色已暮，有一执旗兵至，呼云：众长老可随我来！余谓将去临刑，众皆失色。兵营中亦有善人，合掌欢喜唱言：诸师汝等得生了！先是黑旗守之必死，今换绿旗相引，莫怖。仰面视之，果是绿旗，众心乃安。

【译文】到了正午，太阳火辣辣地蒸晒着，又没有树木遮荫，大家长久坐在那里，肚内饥饿，人人都汗雨淋淋难忍难耐。突然一片乌云飞来遮在顶上，就像一把大伞盖，四边还射出日光。天色渐渐黑下来，来了一个手打旗子的兵丁，大声说："各位长老，随我来。"我想这是要去受刑了，大家脸色都变了。兵营中也有善心人，他合掌欢喜地大声说："各位师父，你们得救了。先前是黑旗守住你们，必死。现在换了绿旗，你们就不要怕，放心吧！"我抬头一看，果然是绿旗，大家才把心放下。

持戒人不用杀器，饥同饥，食同食

到一山坡下坐已，数十兵围看，对大众云：今日若非这方丈师，往来诉辩分明，与三位大老爷有缘，不然汝等皆不能活。一兵近余云：汝劳苦一日，且歇息片时，将腰间弓囊解予作枕。余云：此是杀器，持戒人不用。又一兵云：汝饥了。将随身一干饼奉之。余接饼擘碎散众。彼云：汝自吃莫分。余云：共住修行者，饥则同饥，食则同食，况今在患难而不均耶？兵俱赞叹，议云：我等可往前村造饭，明早送来。至中夜口甚渴，望坡下有一小水池，俱奔就饮，味甘且凉，天明见是一牛卧秽塘。

【译文】打旗的兵丁，引着我们来到一座山坡脚下，大家席地而坐。有数十名兵丁围着看，对我们说："今天要不是这位方丈师，来回几次把事情诉辩清楚，与三位大老爷有缘。不然，你们都不能活。"有一个兵丁走近我说："你劳苦了一天，现在歇口气吧！"就把腰间的弓囊解下来给我作枕头。我说："这是杀器，持戒人不用。"又有一个兵丁说："你饿了吧！"随即把随身带的一个干饼奉给我。我接过饼子分掰成小块，每人一块。他说：“只你自己吃，不要分！”我说：“我们共住一起修行的人，饥则同饥，食则同食。何况今天身处患难之中，还能不均分吗！”所有围观的兵士都很赞叹。他们之间商量说：“咱们到前面村里去做些饭，明天一早送来。”到了半夜，口渴难耐，看到坡下有一小水池，大家都跑过去，喝了起来，觉得味道既甘甜又凉爽，等到天明一看，原来是牛卧成的脏水塘。

众举住山，寺产悉复，官为护法

日色出已，兵来唤至中帐，操江陈公谓余云：汝是修行人，可住华山，领众回去。余云：今某不住。操江公谓大众云：彼既不住，汝众中别举一有德者。众齐答云：惟此方丈住得，别无人住。陈公笑云：我说汝住，众亦举汝，为何前住今却不住？余云：前住者，因先师弃世，塔未造完，若土贼乱即舍去，诸方责其不孝，故尔不去。今不住者，一百余僧被屈捉来，幸三位大老爷明察免诛〖考别传云，将军等欲杀监院孙内监、房头克修三人。师争之曰，罪在寺主，愿勿累他人。将军益奇之，并释不杀〗，已是再生。今华山已成难地，倘土贼依旧过山往来，有人又报藏隐，众僧岂复坐待其死，故尔不住，纵塔未完，亦无不孝之罪。操江公云：不须虑后苦辞。巴、廒二位老爷同我为护法，此华山即是本朝香火，此后并无兵到。若有兵及余人到寺侵害，汝但送一字帖来报，吾即擒斩首，明日给示到寺张挂。余云：今奉命去住，孙太监将常住田地山场一应所有，尽报入官，非彼私产，恳乞还僧。操江公欢喜，一切给还。余与大众领谢回山。

【译文】太阳出来之后，来了一个兵丁把我领到营帐里。操江陈公对我说："你是修行人，可主持华山，把众僧领回去吧。"我说："现在我不住了。"操江公对大家说："他既然不住，你们众人之中另推举一个德行好的人出来主持。"众人齐声答道："只有这位方丈才能主持，别的没有人主持。"陈公笑着说："我说你住，众人也推举你。为什么以前你主持，现在就不了呢？"我说："以前之所以当主持，因为先师弃世，塔未完工。若因土贼作乱，就抛下不管而去，各方都会指责我不孝，所以没有离开。今天所以不住，因为一百多僧人被屈捉来，幸亏三位大老爷明察而免于被杀，已是死而再生，加之华山已成灾难之地，假若土贼依然过山往来，有人又报告我们藏隐，僧众岂不是又要坐着等死，所以我不再当主持。纵然塔未造完，也就没有不孝之罪了。"操江公说："不必为顾虑以后之事而苦苦推辞了。巴、廒二位老爷同我当护法，这华山就是本朝的香火，以后再不会有兵来打扰。今后如果有兵和其它人到寺里侵害滋事，你只要送一字帖来报，我就把他捉来杀头。明天就给你一张告示，拿回庙里张贴。"我说："今天我奉命去住。孙太监把常住田地山场一切所有，都全部报给官府没收了。那并不是他的私产，恳乞把它们发还给常住僧众。"操江公很高兴，把一切都发还了。我就和大众领谢，返回寺里。

陈道人与香师

及至到殿拜佛，不觉凄惨俯地，泪倾不止。何缘复瞻金容！山下严巷村陈道人，是皈依弟子，闻十三日夜清兵围寺，将僧尽捉往营，甚是忧虑。十五日欲上山探看，彼子侄相劝：此时兵营还在东谢，遍山多横死尸，路绝行人，且勿速往。彼云：弟子知师有难，岂忍坐视！故于午间到寺，见僧放回，问叙其由，彼心悦归。香阇黎师在镇江上方寺起期，纯之弟兄去买香烛，奔至上方借宿。香师云：华山有事，莫连累我期场，可往别处宿。纯之弟兄含泪而出，于十八日回，说之。大众闻已，无不嗟叹。余云：华山是先老人全身窣堵，不但闻难不忧不问，抑且见生者不怜不留。吾香师是何心哉？彼陈道人是何情欤！

【译文】及至到殿上拜佛时，不觉凄惨悲伤，匍匐在地，泪流不止，这是什么样的因缘让我等又能瞻仰我佛金容！山下严巷村的陈道人，是皈依弟子，听说十三日夜清兵围寺，把僧人全部捉到兵营去了，甚感忧虑。十五日想上山探视我们，他儿子和侄儿劝他：“现在兵营还在东谢山，遍山野都是死尸，路上已绝了行人。不要这么快就去！”他说：“弟子知师有难，难道让我坐此旁观！”他中午就来到寺里，见僧人都已放回，问了情况，我叙说了始末经过，他才放心欢喜地回去了。这时香雪阁黎师正在镇江上方寺起期，纯之弟兄到镇江购买香烛，就去上方寺投宿，见了香师。香师说：“华山出了事，不要连累我的期场。你们可以到别处去住。”纯之弟兄含泪而出，十八日回到寺里，把这情况说了。大家听后，都慨叹不已。我说：“华山是先老人的全身窣堵（塔）所在地，听说有难，不但不闻不问，而且见了生还者也不怜不留。我们的香师是什么心啊！而那位陈道人又是怎样的情谊哟！”

诘奸

半月后有一壮汉，作营伍庄饰到寺。大众已是伤弓之鸟，见俱惊怕。余近前以软语问彼，彼云：操江大老爷处差来取马。余云：寺中果有一好马，任尔骑去。彼闻心喜。余复语云：马今予汝，可有凭据否？彼于腰间取出一小帖示之，见非硃笔，乃是赤土。接帖在手，即大叱云：汝是谁党土贼，敢来寺中吓诈马匹，岂不闻巴、廒、陈三位老爷，作华山护法耶？锁起送官！彼即跪下，叩首求放，谓：我不肯来，是我们为头者张崑叫来。大哭不止。忽天雨淋漓，余复怜之，语云：今且放汝去，若再如此，必定不恕。予汝草鞋一双，伞一把，速去！彼脱皮靴、穿草鞋，冒雨飞走。自此华山太平，土贼绝迹。

【译文】半月以后，有一壮汉，衣着像是兵营中人，来到寺里。大家已是惊弓之鸟，见了都十分惊怕。我走前去，和气地问他。他说：“我是操江大老爷那里派来取马的。”我说：“寺里确有一匹好马，你就骑去吧！”他一听很高兴。我又说：“马可以给你，但可有凭据？”他从腰间取出一个小帖子给我。我见上面用的不是朱笔所签，而是红土。我把帖子接过来，大声呵叱说：“你是哪一帮子里的土贼，敢来寺里诬诈马匹！你难道没有听说巴、廒、陈三位老爷是华山的护法吗？把他锁起来送官！”他马上噗通一声跪在地上，叩头求饶，说：“我原不肯来，是我们的头领张崑叫来的！”大哭不止。忽然天下起了大雨，我也很可怜他，说：“今天就放了你。以后再如此，必定不饶！给你草鞋一双，伞一把，快走！”他脱了皮靴，穿上草鞋，冒着雨，飞快地走了。从此以后，华山太平，土贼绝迹。

建木戒坛受具

顺治六年〖师四十八岁〗二月间，达照师之徒有一二人，余是教授，彼故侮僧规，师纵不训。余遂下山渡江，欲上北五台〖第三次去华山〗。行至滁州关山，遇当家湛一留住，乞求受戒。愿云公是先老人披剃受戒弟子，余亦是教授，在山学律，集众影堂，诫责眷属，语达照师云：见和尚是先老人面嘱继居方丈，又从死难中保全丛林，理当遵规听教，依止修行。何以抗拒触恼，自坏门庭？今得罪方丈，即是得罪先老人！亲书摈条，驱出不法者。达照师偕离言大德至滁关，接余还山。复从严整律规，始建木戒坛受具。大众不减三千指，日食仅储数朝之粮，虽然如是，亦未断餐〖当时无有人提议令众作经忏以维持常住者〗。

【译文】顺治六年（公元1649年）二月间，达照师的徒弟中有一两人，我是他们的教授。他们故意侮慢僧规，而达师知道后，反而宽纵，不加训诫。我就下山，过了江，想去北五台，走到滁州关山，遇到该寺当家湛一师，把我留住在寺里，乞求受戒。愿云公是先师三昧和尚披剃的受戒弟子，我也是他的教授，此时他正在华山学律。他把众人召集在先师的影堂（供奉三昧和尚的殿堂）里，教诫责备住寺眷属，他对达照师说："见和尚是先老人当面嘱托的继任方丈，他又从死难中保全了丛林，按理你们应当遵守戒规，听从教诲，依止他好好修行。为什么你们抗拒不遵，触恼他，自己破坏了自己的门庭。今天你们得罪方丈，就是得罪先老人！"他亲自写了摈条（寺中开除犯重戒僧人的公告），把不法者，逐出寺去。达照师相约了离言大德一起来到滁州关山，把我接回华山。又从严整治律规，开始建立戒坛，以授具足大戒。来求受戒不下三千人，寺中储备的粮食只够几天用，虽然如此，也没有断了日用餐饭。

长生会安居

顺治六年冬，有宁国府长生会主人来请，余允再议。七年，是余五十岁〖案顺治七年，师四十九岁。此依卷上所记二十五岁、二十七岁、二十八岁、三十岁、三十二岁之文，推算而定也。今云五十岁，则前后文互抵牾。考诸别传己未示寂寿七十九以逆推之，与今文五十岁相符，是否有误，后贤幸更详之。今且依卷上诸文为准定，判顺治七年四十九岁〗，四方檀供不募而至，诸刹耆宿相爱而临。有觅心师是先老人披剃，为余受具尊证，争居方丈。四月十五日早，余鸣椎集众于方丈，请觅师至。余白云：自古方丈请有德者居之，某德凉不堪据席，今凭众将常住进出钱粮，算明交掌。所存米三百余石，银二百余两，钱九万有零。取五万二千散众。库房所积油盐果品等，足用一年。余拜觅师之后，即诣东楼，目不顾内。次日十六日，与大众作前安居。于十七日，上供辞先老人塔。律中有难缘听移安居，与众言：明早往宁国府长生会安居。大众来白，俱欲相随出山。余言：华山乃先老人改向中兴，且复涅槃建塔在此，是我律宗祖庭，余愿恒为洒扫侍者，奈何因缘如斯！今与大众议之，若肯代余守祖庭焚修者，请立于左，不妨后会未迟。若必欲相随者，可立于右。众听依言两分，其随行大半，有一百二十余人。十八日天明，副寺履中，送银三十两为路费，余笑不纳。彼云：此是和尚香仪，非供众物。余言：一交俱交，何容分别。用早餐已，遂出山〖第四次去华山〗。行老蓬桥遇张道人，邀请用斋，备船相送。宿下关二忠祠，当家者是戒弟子，留住三日。善信皈依，送米共四十余石，香仪聚有百两。买舟逆流而上，四月将尽方到宁国，主人相契。

【译文】顺治六年冬，有宁国府长生会的会主来请我，我答应以后再商量。顺治七年，是我五十岁的生日。四方檀越施主，都自发地纷纷前来供养，各寺庙德高望重的年高尊宿们，也都相爱亲临华山。有一位觅心师，是先老人所披剃，也是我受具足戒的临坛尊证师，要争华山方丈之位。四月十五日早晨，我鸣槌召集众人来方丈室，也把觅师请到场。我向大家说："自古以来，都是恭请有德之人来当方丈。在下德凉，不堪占此席位。今天当着众人，我把常住进出的钱粮，结算清楚，交给觅师执掌。现有存米三百余石，银二百余两，钱九万有零。"我从中拿了五万二千发给了众人。库房所存之油盐果品等，足够一年之用。我拜托觅师之后，就搬进东楼居住，内部一切事务不再过问。第二天，十六日。就与大众作好前安居的安排工作。

十六日，我向先老人塔上供了香，礼拜辞别。律中规定，如遇难缘，可以听许其人迁移到别处安居，我对大家说："明天早上，我要去宁国府长生会安居。"大众来对我说他们都想随我出山。我说："华山是先老人改了寺庙朝向而得中兴，而且又是先老人涅槃建塔之地，是我们律宗的祖庭，我愿意永作洒扫侍者，但无奈因缘如此。现在同大家商量，凡是愿意替我看守祖庭，决定苦修者，请站在左手边，不妨后会未迟。若是一定要随我下山者，就站在右手边。"

众人听了之后，就分立两边。要随行下山者，占了大半，计有一百多人。十八日天明，副寺（副当家）履中，送给我们银子三十两作路费，我笑了笑不收。他说："这是信众供养和尚（指见月师）的香仪，并不是供养僧众的。"我说："一交都交，还作什么分别！"吃完早餐，就下了山。走到老蓬桥，遇见张道人，邀请我们去用斋，并雇了船送我们。晚上宿在下关二忠祠，当家师是我的戒弟子，留我们住了三天，有不少善信前来皈依，送米共四十多石，香仪合起来有百两。就雇船逆流而上，四月将尽，才到宁国。主人接待很投契。

住山感化

五月初间有二三弟子，从华山后至，传说云，余下山后，句容县公，闻知觅师争居方丈，余让出山，呼觅师往龙潭下院诃骂，限半月内请余回山。续后复有陈旻昭护法〖《灵峰宗论》中有寄复陈旻昭五书，又六帙寿序一首〗，进山礼佛，恸哭语大众云：山中和尚去已，丛林顿败，其祸源非觅心一人，皆眷属挑唆起事，理应送之有司，且暂宽恕。吾既为护法，必先护僧，择期亲往宣城接和尚。七月二十一日，陈护法到宣城，叙说入山及相接因缘，余心愧感护持。二十四日命大众登舟，余同陈护法陆返，二十九日到江宁。次日觉浪和尚及陈旻昭诸护法同送进山，至范家场夜暮，村民闻余回山，男妇竞看，余执炬相送，光同白昼。觉浪和尚大笑奇哉，语诸护法云：见公住山感化如是，乃法道大兴之兆也。

【译文】五月初的时候，有二三个弟子随后从华山赶来。据他们说，我下山以后，句容县公得知觅心师争居方丈，我退让了方丈之位下山了，就把觅师叫到龙潭下院进行诃骂，限他半月之内把我请回。后来又有陈旼昭护法，进山礼佛，听到这消息后，痛哭失声，对大众说："山中和尚走了，丛林顿败，其祸根，并非觅心一人，而是眷属挑唆才能生出这种事来，按理必须送到衙门严办，现在姑且宽恕你们。我既然是护法，首先重要的是护持僧宝，选个日子我要亲自去宣城接和尚回山。"七月二十一日，陈护法到达宣城，向我叙说了进山及前来相接的前后经过。我内心深受护持之诚意，感到惭愧。二十四日命大众上船回山，我和陈护法走陆路返山。二十九日至江宁。第二天，觉浪和尚及陈旼昭等诸位护法，一同把我送进华山，途中到了范家场，天色已晚，村民们听说我回山，男妇都竞相观看，其他人手擎火把一路随送，光耀同白昼。觉浪和尚大笑说，"奇观！奇观！"又对各位护法说："见公住山，感化影响竟至于如此！真是法道将要大兴的好兆头啊！"

回山整饬

次日余呼在山旧执事，议设斋谢诸护法，问及常住所存之物，监院若见答云：银钱俱无，米仅数石，库房一空。余叹云：吾离山未及五月，常住云何致此？若见言：和尚去后，山中不似律堂，大众欲散。觅师每日厚供，所进既无，所存故尽，犹饮死水而乏活泉，故致于此，某不能作主。护法闻已，皆攒眉不悦。余云：此番还山，与向从兵营还时大相迥别，且随缘去，无劳为忧！遐迩乞戒者渐广，余白云：山中淡薄，若添人，但添水，无米可加，不能甘此者请往他处。都愿在山，一无别往。于八年始，每逢冬夏，内外大众共聚一堂，七昼夜念佛不辍，仍粥结午，更无增易。七月十五自恣日，依经供盂兰盆，随其方丈所有，普散大众，以报父母深恩，立为恒规。

【译文】第二天，我召集原来留在山上的各堂执事，商议设斋，感谢各位护法。问起常住现在还存有些什么，监院若见答说：“银钱都没有，米只有几石了，库房全空。”我叹息说：“我离山还不到五个月，常住为什么到了这种地步。”若见说：“和尚走后，山中已不像个律堂了，大家都想各奔他方。觅师又每天厚供（吃好的）又没有进项，所存的也就用尽了。就像用有限的死水，缺少活泉，所以才到了这种地步。在下又作不了主。”护法们听了，都皱着眉头，心里很不高兴。我说：“这一次回寺，与上一次从兵营里回来可是大不一样。就随缘吧，不必担忧！”慢慢，远近前来求戒的人，越来越多。我对他们说：“山中淡薄清苦。要添人吃饭，只能多添瓢水，可没有米添加。不能受这种苦的人，请到别处去。”都愿意留在山上，没有一个到别处去的。从顺治八年开始，每逢冬夏两季，内外大众共聚一堂，七天七夜念佛不停，仍然中午只吃一顿粥，过午不再添餐，这一规矩一直沿习下来，没有变更。七月十五日自恣日，按照经规仪律，设盂兰盆供，把方丈所有钱财等物，全部普散大众，以报父母深恩，立为恒常不变的规矩。

减口济贫，念佛植福

顺治九年〖师五十一岁〗，江南蝗旱，寸草无收，人民饥馑，村庄老少男妇奔山求食，非乞丐之比，亦杂有田地者在内，动止一二百人。白众减口以周济之。一日午间，数倍寻常，逼塞殿庭之内。余遂行权以开示之，云：汝等今日不得已登山者，人人当观往因，为前世不信三宝，悭贪不肯惠施贫苦，所以招报如是。今化众僧，施汝等每人三文钱。吾复亲至汝等前，每人施吾钱一文，皆要口中念佛，双手奉之，为汝等供众，植清净福田，当来离贫穷苦。如是化时，佛声震吼〖念佛植福〗。即扫仓煮饭，随量饱餐，念佛而去〖卓哉〗。常住无隔宿粮，欲次早惟烧白水过堂。晚间有江宁黄君辅居士，送米十石到山。

【译文】顺治九年，江南遭到蝗虫和干旱之灾，寸草不生，老百姓挨饥受饿。村里老少男妇都上山来求食，并不完全是乞丐，其中也夹杂有田地者，一来就是一二百人。我告诉僧众，减少口粮来周济。有一天中午时分，来的人比平常多了几倍，殿堂庭廊之内，挤满了人。我就乘机会向他们开示，说："大家今天不得已来到山上，人人都应该看一下以往之因。因为前世不信三宝，悭贪不肯惠施贫苦之人，所以才招来今天这样的果报。今天我向众僧筹化，布施给你们每人三文钱。我再亲自到你们跟前，你们每人都要布施给我一文钱，并且都要口中念佛，双手奉上。这是为了让你们从此种下供养僧宝的因，培植清净福田，将来大家都脱离贫穷之苦。"这样教化他们，一时佛声震吼如雷。随即命僧人把仓库彻底扫净，所得之米煮成饭，让大家随量饱餐之后，都念佛而去。这样一来，常住便无隔宿之粮。预备第二天早上，只有烧一锅白开水过堂（早餐）了，哪知当天晚上，就有江宁黄君辅居士，送米十石到山。

淡薄操履，遵制却供，撰集《教诫比丘尼正范》

十年二月中〖师五十二岁〗，楚汉阳府尼心闻，年五旬，志在持戒，同徒等九人，一帆不惮险远，十众登山，乞求安居三月，供米六十石、银二十两。观彼意诚言切，遂怜愍许之。于设斋日，不肯入堂礼拜。斋毕集众，呼彼语云：汝发心远来学戒，为何不进斋堂礼僧？律制比丘尼纵年百岁，当礼初夏比丘。今自大慢僧，非学戒者。彼云：某在楚中，若有善知识处，俱往设斋，方丈皆以客礼相款，并不礼拜。余云：彼贪图利养，败坏法门，凡见有因缘尼，敬如生母，以望更得厚供，是狮子虫，非真善知识也。吾华山今虽淡薄，宁绝粮断餐，必不敢违制邀利。今日所设之斋，作常住自用，其银还汝，米在下院，可将别去。彼作无明会，接银领徒即下后山，歇出水洞静室。有弟子古潭，入室白云：彼尼远来，常住空虚，和尚且方便摄受，一则不退彼心，次则大众有半月之供。余正色云：但肯真实修行，大众自不悬钵。树立法门，正在淡薄时操履。律师行律，岂见利而违圣制耶！古潭愧颜，作礼而退。

至三日后，心闻复领徒上山，齐跪方丈门外涕泣，谓：在楚朦胧如此，实非自大慢僧，恳和尚慈悲容忏悔，所有言教，尽行遵依。诸首领为其拜求，由是令在鹿山庄结界安居。遣阇黎等，半月往彼教诫，为讲《本部毗尼》。因此发起撰集《教诫比丘尼正范》一卷流通。

【译文】十年二月中旬，楚州汉阳府的一位尼僧心闻，已五十岁，立志持戒，带领其徒弟九人乘船，不怕路途险远来到华山。十人来到寺内，乞求安居三个月，供养米六十石，银二十两。我看她们意诚言切，就生怜愍之心，允许了。到设斋供众之日，她不肯入堂礼拜众僧。斋罢，我就召集众僧，把她叫来，说："你发心远道而来学戒，为什么不进斋堂礼僧？戒律规定，比丘尼纵使年高百岁，也应礼拜初夏比丘（受具足戒只一年的比丘），今天你们自己贡高我慢，对僧大不敬，不是学戒之人。"她说："在下在楚地，若有善知识的地方，我都前去设斋供众。那里的方丈都以客礼相款待，并不要我礼拜。"我说："他们是贪图利养，败坏法门，见到有因缘供养之尼，都敬如生母，想得到更丰厚的供养，是狮子身上的虫，非真善知识。华山现时虽然淡薄清苦，宁愿绝粮断餐，绝不敢违背律制而邀利。今天所设之斋，就算是常住自己用的。所费之银两全数还给你，你们带来的米放在下院，把它带走。到别处去！"她没有明白道理，接过银两，领着徒弟，下了后山，歇宿在出水洞静室，这时有个弟子古潭来到方丈室说：“她远道而来，咱们常住的库房空虚，和尚就行行方便接纳她。一来使她不退道心，二来大众也有半月之供。”我脸色一沉，说：“只要肯真实修行，大众自然不会悬钵（饿肚子）。要树立法门，正应在这清苦淡薄之时的一言一行之中。律师执行戒律，难道能见利就违犯圣制吗！”古潭红着脸，行了礼退了出去。

过了三天，心闻尼又领着徒弟上山来，一齐跪在方丈门外涕泣说：“在楚时，完全不明白戒律，所以才会如此，实在不是自己自大慢僧。恳乞和尚慈悲，听容忏悔。以后所有言教，都一一遵依奉行！”各堂首领也都为她拜求。因此，就令她们去鹿山庄，结界安居，并派阇黎等，每半月去那里进行教诫，为她们讲解《本部毗尼》。从这件事情起，我就发心撰集了《教诫比丘尼正范》一卷，予以流通。

修般舟常立三昧两度

八月初旬，有后堂会一，是楚人，久在禅门，入山依止学戒。山中晒藏，会一翻《般舟三昧经》，次日白余，谓藏中般舟三昧，乃净业要宗，最属难行。余云：吾昔在北五台，亦闻善知识开导，不坐不卧，惟立九旬。后住此山，阅《南山道宣律祖行集》，宣祖恒修，自后行者稀少。舍得一身，自然行得。遂择八月二十日就方丈效修九旬，愿践祖迹，谢事入关。至十一月二十一日出足。于十二年〖师五十四岁〗秋复修九旬。自庆何缘两植净因，但愧障重未获深益。

【译文】八月初旬，后堂僧会一，楚地人，久在禅门修学。来到山上依止我学戒。一天寺里把所藏经本拿出来曝晒。会一翻看《般舟三昧经》。第二天，他对我说："经藏中的般舟三昧，是净业要宗，最难行持了。"我说："以前在北五台，也曾听善知识开导说，修般舟三昧，须要不坐不卧，要站九十天。后来到了这里，阅读《南山道宣律祖行集》知道，宣祖一直修持这个法门，自他以后，修的人就少了。只要能舍得一身，自然就能做到。”我就选定八月廿日起，在方丈室仿效前贤修九十天，发愿追随祖师行迹，就谢绝一切事务入关修行，到十一月二十一日出足。又在顺治十二年秋。再次修了九十天。我自庆幸有这么好的因缘，让我二次植下净因。但我深愧自己障重，没有获得深益。

撰集毗尼垂化无尽

至于依制更权，如法严持，撰集毗尼，辩伪流布，一切化导因缘等事，与夫建戒坛垂后范，置田山供众僧，诸凡巨细修造，皆以补先老人改向未完之局，用报得戒法乳之恩。是余数十年苦心铁脊支撑法事实事，不辞繁赘，对众道出。其离言阇黎，并久随诸大弟子等，悉知悉见。然一切有相，皆归于幻。由后思前，此犹一梦耳，故题为《一梦漫言》。仍系以偈，偈曰：

一梦南来数十秋，艰危历尽事方休。

尔今问我南游迹，仍把梦中境界酬。

【译文】至于我依据律制，更正以前的一些权宜变通之方法，而如法严持；撰集毗尼正范，以辨伪而传布，等等。这一切化导因缘等事的作法，以及建立戒坛传戒，为后人树立榜样；置办田山以供养众僧；所有各种大小规模的建造等等诸项事业，都是补足充实先老人改向以后所未能完成的规划，以此来报答他老人家恩赐我得戒法乳之深恩。也是我数十年苦心经营，铁脊承担支撑佛门弘法事业的实事。在此不怕繁冗累赘，一一向大家陈述。这些都是离言阇黎以及长期随侍我的各大弟子，所亲眼目睹了的。但须知道，一切有相，皆归于幻。现在追忆以前之事，也只是一场梦罢了，所以题为《一梦漫言》，再加一个偈子：

一梦南来数十秋，艰危历尽事方休。

尔今问我南游迹，仍把梦中境界酬。

附：宝华山见月律师年谱摭要

弘一大师撰

甲戌九月，依《一梦漫言》及别传摭录，惟举梗概，未能详耳。《漫言》上卷自记年岁数处，可为依据。今编年谱，准此推衍。下卷谓顺治七年五十岁者，或有舛误，以彼后贤改订焉。晋水尊胜院沙门亡言。

明万历三十年，壬寅，一岁

是年三月三日师生。师姓许氏，名冲霄，云南楚雄府人。旧籍江南句容。远祖某，于明洪武时，从军开滇黔，以功世袭指挥，遂家焉。父酳昌，母吴氏，梦梵僧入室，寤而生师。

是年，古心律祖六十二岁，三昧律师二十三岁，憨愚大师二十四岁，蕅益大师四岁。

万历四十三年，乙卯，十四岁

双亲相继弃世，二弟幼小，由伯恩育教诲。伯父年老无子，欲使师袭职为指挥，师不屑也。师善绘大士像。是年十一月，古心律祖示寂。

天启六年，丙寅，二十五岁

性好游览，往金沙江，遇萧暗初。同往浪穹，晤杨绍先，居萧园。

天启七年，丁卯，二十六岁

崇祯元年，戊辰，二十七岁

十二月闻伯父逝，发心出家，易道士服，更名曰真元，号还极。除夕夜，梦为僧形，自思后必为僧。

崇祯二年，己巳，二十八岁

仍居萧园。

崇祯三年，庚午，二十九岁

正月往三营，主龙华会坛，斋僧每日千余人。始晤成拙，由是以为僧友。会将毕，仍返浪穹。

崇祯四年，辛未，三十岁

三月移居剑川州赤岩书室。六月获读《华严经》，急欲披剃为僧。八月朝鸡足山，九月到落马。

崇祯五年，壬申，三十一岁

十月依亮如老法师披剃，名读体，号绍如。成拙来。

崇祯六年，癸酉，三十二岁

正月往鹤庆府，四月离师，往参三昧和尚受戒，与成拙同行。十月至湖广武冈州止水庵，过冬。

崇祯七年，甲戌，三十三岁

四月往宝庆府，参颛大师，深蒙奖励，诫勉当效大师操履。冬到南京，往山学楞严咒。

崇祯八年，乙亥，三十四岁

三月到五台，始见三昧和尚，遂至塔院寺过冬。

崇祯九年，丙子，三十五岁

七月离五台，改号见月。九月到江南，住镇江甘露寺过冬。

崇祯十年，丁丑，三十六岁

二月到海潮庵，四月依三昧和尚受戒，八月任西堂，始阅律。

崇祯十一年，戊寅，三十七岁

熏教授师授紫衣。是冬，熏师示寂。

崇祯十二年，己卯，三十八岁

正月侍三昧和尚返石塔庵，至龙潭，阻风三日，和尚登华山，发愿重兴。三月始任教授。四月和尚入华山，嘱任监院。九月成拙到华山受戒。

崇祯十三年，庚辰，三十九岁

四月因达照师瞋怨，下山，往无锡，旋归华山。

崇祯十四年，辛巳，四十岁

华山寺宇，方向未合，故尔常住不兴，乃改向移转。卸瓦运砖，一一莫不以身先之。

崇祯十五年，壬午，四十一岁

因前殿香灯行非法事，众皆云可恕，师下山。十月往黄山。

崇祯十六年，癸未，四十二岁

三月返华山。

崇祯十七年，甲申，四十三岁

弘光元年，乙酉，四十四岁

在嘉兴募资，欲为和尚建寿塔。六月和尚疾，和尚归华山。闰六月四日和尚示寂，嘱继法席。立十约，大众不悦。十月集众告白，将遵制行法，三日后，达照师辞当家，香师他往，诸同戒皆散，旧执事等十去八九，惟百余同志奋发协助，愿共持戒。

清顺治三年，丙戌，四十五岁

始行安居。八月清兵围寺，尽提僧往，翌日放回。

顺治四年，丁亥，四十六岁

顺治五年，戊子，四十七岁

顺治六年，己丑，四十八岁

二月达照师之徒，有一二人故侮僧规，达照纵不训。师下山，欲上北五台，至滁州，遂归。

顺治七年，庚寅，四十九岁

四月觅心师争居方丈，师下山，往宁国，七月归山。

是夏蕅益大师《重治毗尼事义集要》成，并予师书，赞叹弘律。

顺治八年，辛卯，五十岁

顺治九年，壬辰，五十一岁

顺治十年，癸巳，五十二岁

八月行般舟三昧九旬。

顺治十一年，甲午，五十三岁

顺治十二年，乙未，五十四岁

是秋，复修般舟三昧九旬。

康熙四年，乙巳，六十四岁

是夏，《毗尼作持续释》刊行。师所撰述，尚有《大乘玄义》、

《毗尼止持会集》、《黑白布萨》、《传戒正范》及《僧行轨则》等。

康熙十三年，甲寅，七十三岁

撰《一梦漫言》。

康熙十七年，戊午，七十七岁

岁晚示微疾。

康熙十八年，己未，七十八岁

正月既望，力疾起视，诫弟子曰：勿进汤药，更七日行矣。至期端趺而化，即正月二十日也。寿七十八岁，别传作七十九岁，腊四十八。荼毗，得五色舍利。

《一梦漫言》随讲别录

弘一大师撰

（名义甚繁，不及详释，俟后增补。或有误释者，亦俟后订正也。）

漫：随意也。

千华：《三昧律师传》云，师至华山，开千华大社。约指华也。寺名隆昌寺，相传为梁志公道场，明妙峰大师重兴，奉旨建铜殿。

管城子：笔之别称。

造化：创造化成也。

凹：衣交切，低也。

瞪：池衡切，直视也。

咽：声塞也。

荷：上声。

炫：矜夸也。

石：量名，十斗为石。

陌：市中街也。

鸠：集也。

指：计人口之数，犹动物之称若干头也。

倩：清去声，请人代作也。

蔚：音尉，草木盛貌。

幢：旗竿也。

庠：乡学名。

叉手：拱手也。

谷：山中低下之处。

绊：音半，系足也。

造次：急遽也。

克期：约定日期也。

六味：苦酸甘辛咸淡也。

玷：点去声，辱也。

迢递：远隔也。

江湖：流浪四方也。

耑：与专同。

跉踦：行不正貌。

抆：武粉切，拭也。

咽哽：音噎梗，悲叹而气结喉塞也。

峦：音銮，小山而锐也。

瞰：坎去声，俯视也。

憩：本作愒，音契，休息也。

坝：音霸，堤岸所以止水者。

酋：齐由切，魁师也。

崚：音陵，山高貌。

箐：音锵，竹名。

蓊：翁上声，蓊蔚者，草木盛貌也。

嶒：音层，高也。

跣：苏典切，赤足也。

踝：音跨，人足左右骨之隆起者。

拄：音主。

跛：补火切。

茧：足伤皮皱也。

叱：蚩乙切，大诃也。

赧：乃版切，惭愧而面色赤也。

俛：同俯。

藩：保卫也。

“孤舟”等十字：古诗句。

尠：音鲜，少也。

疋：同雅。

诫慎：慎禁戒词。

骨气：风骨气概。

坪：音平，地平处也。

猖獗：音昌厥，势盛也。

靡：无也。

差：宫中差役也。

蛀：音主，虫吃也。

齑：音跻，盐菜也。

等韵：《康熙字典》卷首所载。

阉宦：宫中太监也。

激湍：音击贪，水流急也。

渗：森去声，微漏也。

长行：长者，远也。

晋：山西也。

燕麦：俗名野麦，北方多种之。

叨：音滔，滥也。

骡：音螺。

啾唧：细碎之声也。

曩：昔也。

庇：比去声，覆护也。

坎坷：行不利也。

母难日：难去声，谓已生日，为母难日也。

扯：车上声。

娆：与扰同。

赍：笺西切，持物也。

孝衡钞：宋遇荣钞，以释唐圭峰《盂兰盆经疏》。

肯首：即是首肯，点头以示允许也。

（卷上毕）

襕：音兰，金襕者，以金缕织成也。

股肱：肱，姑薨切，喻大臣能辅佐君王也。

瘗：音翳，埋也。

忝：天上声，谦词

凉：薄也。

僭：尖去声，冒作过分之行为也。

僧录司：僧官也。

顾命：天子之遗诏也。

庑：无上声，廊也。

佥：音签，皆也。

蕲：音其。

岑：山小而高也。

团瓢：草舍也。

大行皇帝：皇帝初丧之名称，指崇祯也。

弘光皇帝：继崇祯即帝位，仅一年耳。

淛：同浙。

悬解：字义未详，或是用《孟子》解倒悬之义。倒悬，喻困苦之甚也。解，释也。后贤幸更审之。

缴：吉了切，还也。

唆：音梭，讽使为之曰唆。

化主：以往各处募缘为职务。

募疏：缘簿也。

七事：或即是俗语所谓开门七件事，柴米油盐酱醋茶也。

贿：音悔，赠送财物也。

操履：谓素行也。

鼎铛：铛音琤，鼎、铛皆古器名，今借用以指茶炉等也。

诽：音诽，背后反对之言。

萧墙：至近之地也。

驰：音始，放也。

涧：间去声，两山间之水也。

剿：音抄，减也。

鞘：音肖，刀室也。

（卷下毕）

甲戌九月十三日录记

古心律师、三昧律师略传

释如馨，字古心，姓杨氏，溧水人也。少即信佛。年四十一乃剃染，步礼五台，乞文殊授戒。见一老妪，形枯发白，授敝伽黎，竟去。顷复呼曰：比丘比丘，文殊在兹。馨方惊愕，已失所在，如梦初觉，顿悟戒旨。尔后南旋，中兴戒法，人咸谓优波离再世。明神宗复延至五台，为开皇坛说戒。敷座之日，祥云盘空，帝心悦豫，赐号慧云律师。以万历四十三年示寂。帝命图其遗像，供于大内，并题赞曰：瞻其貌，知其人，入三昧，绝六尘，昔波离，今古心。元季以来，律学荒芜，及馨乃复弘扬，世称中兴律祖云。

【译文】中兴律祖释如馨，字古心，俗家姓杨，是溧水人（今江苏南京）。他从小就信仰佛教。四十一岁才剃度出家。曾步行朝拜五台山，乞求文殊菩萨授戒。在朝拜的路上，看见一个老妇人，形容枯槁、头发发白，给了他一件袈裟，然后就走了。一会儿又往回喊道：

“比丘比丘，文殊菩萨在这里。”如馨祖师正觉得惊愕，这个老妇人已经不在了。他如梦初醒，顿悟佛陀制戒的旨意。后来，他就回到南方，中兴戒法。人们都说他是优波离尊者（佛陀十大弟子中戒律第一的弟子）再来的。之后，明神宗又延请他到五台山，为开皇坛说戒。讲戒的那一天，祥云盘旋在空中，皇帝心里非常高兴，赐号慧云律师。万历四十三年（公元1615年）圆寂。皇帝命人绘制他的遗像，供在皇宫里面，并题写赞语：瞻其貌，知其人，入三昧，绝六尘，昔波离，今古心。元末以来，律学荒芜，直到如馨出现，才又有人弘扬律学，世人都称他为“中兴律祖”。

释寂光，字三昧，姓钱氏，广陵人也。年二十一出家。初从雪浪习贤首教观。后依古心受戒，遂精毗尼，弘传诸方，如《一梦漫言》记载，学者可披寻焉。

【译文】释寂光，字三昧，俗家姓钱，广陵人（今江苏扬州）。二十一岁剃度出家。起初跟随雪浪法师（为明朝弘传华严学之一代高僧）学习贤首宗。后依止古心律师受戒，于是专精戒律，在各地弘扬戒法，如《一梦漫言》所记载，学习者可以通过阅读该书了解。

跋

向年，负笈燕京，就读于中国佛教学院。课暇恒至图书馆，偶检目录中，有《一梦漫言》一书，借阅反覆，不第其意义足以风世励俗，且文字质朴流畅，脍炙人口，从而对见月老人之操行，无限钦佩，感动之深，至于潸然泪下。

丁亥春，诣青岛，依止倓虚大师。师示众，亦恒以见月老人为榜样，训勉学人。时湛山印经处，已据弘一律师手校本将《一梦漫言》印行，师并极力推重是书，令人阅读。

戊子春，大师由长春回湛山，徇大众请求，讲述其平生事迹，由大光记述，纂成《影尘回忆录》上下两册。最后一章中，曾将见月老人及其《一梦漫言》，写专文一节介绍，以法后世。

甲午夏，大师驻锡香江，值八十诞辰，众以印《影尘回忆录》为纪念。书出后，多人因读《回忆录》，仰慕见月老人之为人，并思一览《一梦漫言》，如是来函索阅者不知凡几。初时由青岛寄来若干本，转寄海外。嗣以存书赠罄，海外又无流通，致后来索阅者均感向隅。

以是因缘，今春发起重印，依前湛山版为底本。原本为弘老眉批，无句读，亦无段落。今藉重排之便，用三种句读标点。复依文意长短，析为段落，并由原文内提出数字作标题，用小字比弘老眉批低一字排于眉首。第一字上面，并以符号简别，以示不淆。

付梓之际，获诸善信资助，得以刷印圆成。今人持身无度，怠泆成性，则是书之流通，当于世道人心，有莫大裨益也。

丙申重阳节日大光敬跋

附录：见月律师的克苦精神

明末清初时，有见月律师，传三昧老人衣钵，继主千华（即宝华山），专事宏律。三昧老人，从行门入手，一生持律谨严！临终时，前三天预知时至，鸣楗椎，集众方丈，取紫衣戒本，当众将华山法席，传见月律师。三天以后（据《一梦漫言》为闰六月初四），又集众方丈，取净水沐浴，谓众云："吾水干即去，汝等莫作去来想，不可讣闻诸方，凡世俗礼仪，总宜捐却，三日后即葬寺之龙山。"遂命大众念佛，水干、跏趺微笑而逝。

见月律师、滇南楚雄人，中年出家。先为道人，广行善事，修菩萨行。后遇机缘，又罢道为僧。出家后，即开始行脚。自滇南至北方；又从北方至江南等地。跋山涉水，步行两万几千里地，那种吃苦耐劳的精神，让后人想想，都会毛发俱竖！记得他到北方来时，有这样一段记载云："又行数日，过盘江，山路屈曲，上下峻险！顷刻大雨，涧流若吼，山径成沟，四面风旋，一身难立。水从颈项直下股衣，两脚横步，如跨浮囊。解带泻水，犹开堤堰，如此数次，寒彻肌骨！……次日至安庄卫道上，砂石凸凹，峻嶒盘曲，不觉履底已穿，脱落难着，即双弃跣足，行数十里。至晚歇宿，足肿无踝，犹如火炙锥刺。中夜思之，身无一钱，此是孤庵野径，又无化处，不能久栖，明早必趣前途。想世人为贪功名富贵，尚耐若干辛苦而后遂，今为出家修行，求解脱道，岂因乏履而退初心！次日仍复强行，初则脚跟艰于点地，渐渐柱杖跛行，行至五六里，不知足属于己，亦不觉所痛。中途又无歇处，至晚将践五十余里，宿安庄卫庵中。次日化得草鞋学着，皮跛茧起，任之不顾！”

那时候没有火车轮船，无论到任何地方去，都要步行，不像现在的行脚人，在陆上有火车，过江过海有轮船，或坐飞机，隔几千几万里地，三天两宿到了，一点辛苦也受不着。

关于读经方面，现在人也比古人方便多了。过去的一些大德祖师，想看某部经典，大多都是自己抄写。见月律师到北方时，在路上，曾抄一部《法华知音》，在他的《一梦漫言》里说：

“度夏经秋，于十月初到湖广武冈州，宿止水庵。主僧异卉，极有道念，询问余等，知从滇远来，留住过冬。一日，请余入房吃茶，见案上有《法华知音》一部。在滇时，闻师赞此解，落影于怀。欲借钞写，奈无纸笔。彼弟号中立，好学、识余所欲，一切成就。是年冬，每日大雪，加之屋空，朔风贯入，余唯一衲，就单缩颈钞写，虽手指冻皴，笔墨凝滞，亦未少停。彼师兄弟见余坚志勤学，倍增怜敬！赠以棉袄，余愧受服。自有生来，于此始着棉衣。”

每见近人读经，或折卷，或倒置，种种亵渎，一点恭敬心都没有。岂不知后人所读经论，都是古德以血汗换来。（试读《法显法师传》《玄奘法师传》等，可知法流东土之不易。）近代印刷术昌明，各种经本流通甚方便，因此把人养成一种轻慢习惯。这样读经不但不能获福，反而招罪！试从上面一段文里看，古人读经是多么不易！对于爱惜经典，是多么诚恳！

见月律师，自出家后，即开始行脚。崇祯十年，依三昧老和尚受戒。以后几十年功夫，主持宝华山，专宏律藏。晚年修过两次般舟三昧。对律藏方面，撰有《毗尼止持会集》《毗尼作持读释》《大乘玄义》《黑白布萨》《传戒正范》；及《僧行规则》等。他老一生，无论说话做事，都非常有刚骨，到处都是唯法是亲，丝毫不徇人情。自出家后，无日不在艰苦卓绝中精进修持，他老的一言一行，无一处不可与后世作模范。康熙十三年，宝华山在清廷护持下，一切规矩法则都上轨道，在宏律方面亦有相当成绩。那年他已七十三岁，因受两序大众请求，述说其一生行脚事迹，以勉将来，见月律师乃按其一生经历事迹，撰出上下两卷的一部《一梦漫言》。这部书，经弘一律师看过，曾欢喜勇跃，叹为希有，执卷环读，殆废寝忘食。感发之深，至于含泪流涕者数十次。后来弘老把这部书，又略为料简，附以眉注；并考舆图，别录行脚图表一纸。望后来人，披文析义，无有疑滞。又按《一梦漫言》及别传，撰成《见月律师年谱摭要》一卷，附在《一梦漫言》后面，这部书在湛山寺印经处，有印的单行本，浏鉴起来很方便。

过去我对《一梦漫言》，也很阅过几遍，觉得百读不厌！而且在每一次读的时候，使我惭愧万分！含泪欲涕。（说时流泪）觉得在操行方面，后人实在不如古人。如果后来人看了这部书不受感动的，那是他没有道心。如果道心具足的话，他一定感同身受，自己惭愧的难过！大家有功夫时，可以把这部书常翻开来看看，很能砥砺自己的道心，祛除自己的习气。里面不但意思好，文字也好，质朴流畅，一点矫揉造作没有。

其中有应注意的一点，就是见月律师，他虽已成为中兴律宗的一代祖师，可是在他的叙述中，并没只字提到过，他自己怎样享受，怎样露脸。完全是说自己为法，怎样受罪，怎样吃苦，怎样受委曲忍耐；同时他也并没提出什么理论法子来叫人如何行持，完全是以身作则。可是，他在字里行间，已暗示后人，要想做出世大业，须在种种艰苦生活中挣扎！在种种拂逆的环境里奋力。俗言说："不经一番寒彻骨，怎得梅花扑鼻香。"出家人，为了生脱死，为主持正法，令佛法久住于世，利益众生；并不是为享受而来，也不是为露脸而来。没有百折不挠的精神，绝不能肩荷如来家业！没有斩钉截铁的毅力，绝不能成就出世道果。

在见月律师主持宝华山以后，感到有好些事情很棘手；在规矩方面，也有很多应兴应革的事，因此订了十条规约（见《一梦漫言》，不赘述），俾同居大众共同遵行。过去我在僧界打混了几十年，也曾忝任住持，对于规矩方面，多依见月律师所订十条规约去行。虽时代与处所不同；但因时制宜，大致都不会错的。希望后来诸位法师，无论在任何地方当方丈做住持，也应参照那样规约去行，凡事要先律己后律人。

见月律师，世寿七十八岁，临入灭时，在前七天，把事情都安排好；话也嘱咐好，届时端然趺坐，安祥而逝；无粘无滞，来去自如。大家请想：在他的《一梦漫言》里，并没提出什么具体的修行法子来，也没谈玄说妙，为什么在他临终脱化时，却那样的来去自如呢？告诉大家，这个问题的关键，就是因为他老平素能克苦；有“行力”！自出家到圆寂，无论为公为私，从不知躲懒偷安为什么！日常一行一动，举心动念，无不合于佛法，无不是修行。

（摘自《影尘回忆录》）

谦德国学文库丛书

（已出书目）

弟子规·感应篇·十善业道经

三字经·百家姓·千字文·德育启蒙

千家诗

幼学琼林

龙文鞭影

女四书

了凡四训

孝经·女孝经

增广贤文

格言联璧

大学·中庸

论语

孟子

周易

礼记

左传

尚书

诗经

史记

汉书

后汉书

三国志

道德经

庄子

世说新语

墨子

荀子

韩非子

鬼谷子

山海经

孙子兵法·三十六计

素书·黄帝阴符经

近思录

传习录

洗冤集录

颜氏家训
列子
心经·金刚经
六祖坛经
茶经·续茶经
唐诗三百首
宋词三百首
元曲三百首
小窗幽记
菜根谭
围炉夜话
呻吟语
人间词话
古文观止
黄帝内经
五种遗规
一梦漫言
楚辞
说文解字
资治通鉴
智囊全集
酉阳杂俎
商君书
读书录
战国策
吕氏春秋
淮南子
营造法式
韩诗外传
长短经
虞初新志
迪吉录
浮生六记
文心雕龙
幽梦影
东京梦华录
阅微草堂笔记
说苑
竹窗随笔
国语
日知录
帝京景物略